Tucholsky Wagner Zola Scott Sydow Freud Schlegel
Turgenev Wallace Fonatne
Twain Walther von der Vogelweide Fouqué Friedrich II. von Preußen
Weber Freiligrath
Fechner Weiße Rose von Fallersleben Kant Ernst Frey
Fichte Richthofen Frommel
Engels Fielding Hölderlin
Fehrs Faber Flaubert Eichendorff Tacitus Dumas
Maximilian I. von Habsburg Fock Eliasberg Zweig Ebner Eschenbach
Feuerbach Ewald Eliot Vergil
Goethe Elisabeth von Österreich London
Mendelssohn Balzac Shakespeare Dostojewski Ganghofer
Trackl Lichtenberg Rathenau Doyle Gjellerup
Stevenson Hambruch
Mommsen Tolstoi Lenz Droste-Hülshoff
Thoma Hanrieder
Dach Verne von Arnim Hägele Hauff Humboldt
Reuter Rousseau Hagen
Karrillon Garschin Hauptmann Gautier
Defoe Hebbel Baudelaire
Damaschke Descartes
Hegel Kussmaul Herder
Wolfram von Eschenbach Dickens Schopenhauer
Darwin Rilke George
Bronner Melville Grimm Jerome
Campe Horváth Aristoteles Bebel Proust
Bismarck Vigny Barlach Voltaire Federer Herodot
Gengenbach Heine
Storm Casanova Tersteegen Gilm Grillparzer Georgy
Chamberlain Lessing Langbein Gryphius
Brentano Lafontaine
Strachwitz Claudius Schiller Kralik Iffland Sokrates
Katharina II. von Rußland Bellamy Schilling
Gerstäcker Raabe Gibbon Tschechow
Löns Hesse Hoffmann Gogol Wilde Gleim Vulpius
Luther Heym Hofmannsthal Klee Hölty Morgenstern
Roth Goedicke
Heyse Klopstock Kleist
Luxemburg Puschkin Homer Mörike Musil
Machiavelli La Roche Horaz
Navarra Aurel Musset Kierkegaard Kraft Kraus
Lamprecht Kind Hugo Moltke
Nestroy Marie de France Kirchhoff
Laotse Ipsen Liebknecht
Nietzsche Nansen Marx Lassalle Gorki Klett Ringelnatz
von Ossietzky May Leibniz
vom Stein Lawrence Irving
Petalozzi Platon Knigge
Sachs Pückler Michelangelo Kock Kafka
Poe Liebermann Korolenko
de Sade Praetorius Mistral Zetkin

Die Schatzgräber

Eine Erzählung

Carl Wilhelm Salice Contessa

Impressum

Autor: Carl Wilhelm Salice Contessa
Umschlagkonzept: toepferschumann, Berlin

Verlag: tradition GmbH, Hamburg
ISBN: 978-3-8424-0422-9
Printed in Germany

Karl Wilhelm Salice Contessa

Die Schatzgräber

Eine Erzählung

1

An den Herrn Kammergerichtsrat Hoffmann in Berlin

(Verfasser der "Fantasiestücke in Callots Manier" etc.)

Verehrter Freund!

Ich habe Ihrem Treiben lange, wenn auch nicht immer freundlich, doch schweigend zugesehen; ich habe sogar Ihnen zu Liebe Ihre Fantasiestücke gelesen – das Märchen vom goldnen Topf ausgenommen, was Sie mir nicht verübeln werden. Als ein Bekannter mir von dem Archivarius erzählte, der zugleich ein Salamander sein sollte, da bin ich, nach Aussage des Bekannten, und zum Schrecken desselben, ganz leichenblaß geworden und habe auf der Stelle beschlossen, diese Historie nicht zu lesen, und zwar in der Tat nicht bloß um meinetwillen, sondern auch um Ihrentwillen, denn ich mochte Sie als einen Freund, den ich sonst sehr wertschätze, hier nicht auf einem solchen fahlen Pferde ertappen. – Ich habe mir auch in diesen Fantasiestücken sonst viele wunderliche Dinge gefallen lassen, wie z. B. den Ritter Gluck, mit dem Sie unter den Zelten in Berlin gesessen haben wollen, obgleich die ganze Welt weiß, daß dieser Mann bereits Anno 1787 den 15. November in Wien verstorben ist; denn hier, merkte ich wohl, lag eine satirische Absicht versteckt, also gewissermaßen ein praktischer Zweck und Nutzen, wobei man sich folglich doch etwas denken konnte; allein jetzt halt' ich's nicht länger aus und kann nicht länger schweigen! Sie treiben es zu toll!

Da fällt mir gestern abends zufälligerweise ein kleines Buch in die Hände, benannt: Wintergarten auf das Jahr 1818, herausgegeben von St. Schütze; darin finde ich eine Historie von Ihnen, unter dem Titel: Ein Fragment aus dem Leben dreier Freunde. "Gut!" denke ich, nachdem ich die ersten zwei Seiten flüchtig durchlaufen habe – "das fängt ganz vernünftig an; das ist vielleicht etwas, was man mit Vergnügen lesen und mit gutem Gewissen loben kann, wenn man einmal wieder mit dem Verfasser zusammenkommt – denn loben lassen sich die Herrn Schriftsteller nun einmal gern" – ziehe meine Schlafmütze über die Ohren, zünde meine Gutenachtpfeife an, und setzte mich hin, um etwa noch ein halb Stündchen vor Schlafengehen zu lesen. Aber wie bekam mir das! Erstlich wurden aus dem halben Stündchen zwei Stunden; denn wie ich einmal angefangen hatte zu lesen, konnte ich nicht eher wieder aufhören, als bis die Geschichte zu Ende war, und zweitens konnte ich nachher die ganze Nacht nicht schlafen vor Ärger. Sagen Sie mir um Himmels willen, werter Freund, wie können Sie aus einem so einfachen Faktum eine ganze Historie herausspinnen, an der nicht ein einziges, oder vielmehr *nur* ein einziges wahres Wort ist? und doch die Sache durch allerlei Finten und Kunstgriffe so glaubwürdig machen, daß man denkt, man liest eine wahre Geschichte? Wie können Sie dies wagen, da Sie wohl wissen müssen, daß noch ein Zeuge dieses Faktums vorhanden, der nun alle Augenblicke auftreten und Sie vor der ganzen Welt zuschanden machen kann? Oder haben Sie es etwa vergessen, daß ich im Tiergarten neben Ihnen saß, als das hübsche Mädchen von dem jungen Manne heimlich ein Briefchen erhielt und in den Busen schob, und als sie hernach beim verstohlnen Lesen so rot wurde und ihr die großen Tränen in den schönen Augen perlten? Haben Sie es vergessen, daß wir uns beide hernach in Vermutungen erschöpften, was das zu bedeuten haben möchte? Haben Sie es vergessen, daß ich einige Zeit darauf Ihnen vertraute, wie ich den Vater des Mädchens und die ganze Familie kennengelernt und sogar bei ihm auf seinem alten Schlosse 14 Tage zum Besuch gewesen sei? Ich bitte Sie, was soll aus der Wahrheit und Glaubwürdigkeit und somit aus der Würde der Geschichte werden, wenn sich jeder Schriftsteller solche Erdichtungen erlaubt? Wie? – Poesie! – Fantasie! – Ach, es stünde besser um Wissenschaft und Staat, wenn die Poesie und die Fantasie gehörig unter polizeiliche Aufsicht gestellt wären. – Fantasie! Aus der Fantasie kommt eben alle Konfusion in der Welt her. Und welchen Nutzen hat denn wohl das bürgerliche Leben von ihr? Wann hat sie denn wohl jemals jemanden etwas eingebracht, als etwa einem armen Poeten ein armseliges Buchhändlerhonorar? Wie? – (Daß Sie es mit Ihrer Fantasie, oder trotz aller Fantasie dennoch bis zum Kammergerichtsrat gebracht haben, gehört unter die Dinge, über die sich der Vernünftige nie genug verwundern kann.) Nein, ich schweige nicht länger! Ich fühle mich in meinem Gewissen verbunden, der Welt die Wahrheit zu offenbaren, da ich den Zusammenhang der ganzen Geschichte aufs allergenaueste erfahren habe, und sende Ihnen hiermit eine aufrichtige und wahrhafte Erzählung derselben zu, auf daß Sie, wenn Sie, wie ich hoffe, Ihr leichtsinniges Verfahren bereuen, dem Herausgeber einer Zeitschrift oder eines Taschenbuchs – ich habe keine Bekanntschaft unter diesen Leuten – dieselbe zusenden und ein solcher sie abdrucken lassen kann, zur Steuer der Wahrheit und zum Beweis, daß er an solchen Erdichtungen und Verfälschungen keinen Anteil hat.

Die Sache aber verhält sich folgendergestalt:

2

Im jetzigen Herzogtum Sachsen liegt ein altes Schloß, seit uralten Zeiten der Familie von Scharneck zugehörig, hoch oben auf dem breiten Rücken einer beträchtlichen Anhöhe, von welcher man auf die dunkelbelaubten Hügel, hellgrünen Wiesengründe und bunten Felder in der Nähe und auf die blauen, stattlichen Berge in der Ferne wie auf ein Paradies hinabschauet.

Rundum so weit das Auge reichte, und bis an die blauen Berge hin war das gesegnete Tal mit allen Dörfern und Schlössern, Wäldern und Feldern einst das Eigentum der Scharnecke gewesen; dem jetzigen Besitzer aber, Herrn Wolfgang von Scharneck, gehörte nur noch ein ganz kleiner Teil davon, auf dem überdies eine große Schuldenlast haftete, so daß Herr Wolfgang mit den Seinigen in dürftiger und, besonders seit den letzten bösen Kriegsjahren, fast drückender Eingeschränktheit lebte.

Hier geschah es nun einst, es war am Abend des 18. Mai's 1816, daß die Familie nach dem Abendbrot in dem großen Wohnzimmer ganz still beisammen saß und jeder für sich trübseligen Gedanken nachzuhängen schien. Herr Wolfgang hatte endlich den Entschluß erkämpft, ein entlegenes Vorwerk, welches ihm wegen der Jagd, seiner Familie aber besonders wegen des Fischzugs und Dohnenstrichs sehr am Herzen lag, seinem bedeutendsten und härtesten Gläubiger, einem benachbarten Gutsbesitzer, abzutreten, an dessen Besitzungen es grenzte, und der schon längst danach Verlangen trug. Er ging, an die schöne Jagd denkend, halb traurig, halb grimmig mit großen Schritten auf und ab, und blies starke Dampfwolken aus der Pfeife. Seine Frau blickte von ihrer Arbeit öfters besorgt zu ihm hinüber.

Sie sah wohl, daß etwas Unangenehmes ihn bewegte, und bebte, nur Unglücks gewohnt, vor einem neuen zurück, das vielleicht schon vor ihr stand und ihr unbewußt seine Hände nach ihrem ohnedies so hart gepreßten Herzen ausstreckte. Dazu kam noch, daß morgen der 19. Mai, Herrn Wolfgangs Geburtstag war. Ihre Augen füllten sich mit bittern Tränen, indem sie daran dachte, daß sie diesmal sogar Verzicht darauf tun mußte, ihren Mann, wie sonst wohl, mit der Befriedigung irgendeines abgelauschten Lieblingswunsches zu überraschen.

Mathilde, die älteste Tochter, der die nassen Augen der Mutter nicht entgingen, unterdrückte schnell ihren Wunsch, des sonnenhellen Abends noch im Freien draußen froh zu werden, küßte schweigend die Hand der geliebten Mutter und setzte sich neben sie, um eine kunstreiche Stickerei zu vollenden, die für den Vater bestimmt war. Ihre Gedanken aber schlüpften bald aus dem engen Zimmer und schlugen den Weg nach Berlin ein; denn dort hatte sie sich eine Zeitlang bei einem Freunde ihres Vaters aufgehalten, und war vor kurzem erst zurückgekehrt.

Der jüngern Tochter, Elisabeth, bedünkten zwar gleichfalls die goldnen Strahlen, die sich durch das Weinlaub am Fenster drängten und ihr fröhliches Spiel an der grauen Stubenwand zu treiben schienen, als ebenso viele Boten, die sie hinausrufen wollten: das Gezwitscher der Vögel in der großen Linde auf dem Hofe sprach auch die freundliche Einladung noch viel deutlicher aus; allein, da sie an Vater, Mutter und Schwester so ernste oder gar traurige Gesichter wahrnahm, meinte sie, es gezieme sich nicht anders, als ein wenig traurig zu sein mit den Traurigen, schlich daher, die mutwilligen Augen gar ehrbar zur Erde niederschlagend, nach ihrem

Strickzeuge und setzte sich anständig seufzend neben ihre Schwester.

Von allen Anwesenden war es der12jährige Kurt allein, der von dem, was etwa um ihn her vorging, wenig Kunde nahm. Denn, nachdem er kniend eine Weile in einem großen Buche geblättert hatte, das aufgeschlagen im Großvaterstuhl lag, sprang er auf, griff schnell ein übriggebliebenes Stück Brot vom Tische und eilte damit zur Tür hinaus in den Garten.

Herr Wolfgang aber stand endlich vor dem Bilde seines Ahnherrn still, das in der Eisenrüstung ernst und mild von der Wand herabschaute, betrachtete es lange, dann nickte er dreimal mit dem Kopfe, ging langsam und dem Anschein nach ganz ruhig nach seinem Schreibtische, wo er alsbald ein Buch in Quarto hervorzog und es aufschlug. – Es war: *J. N. J. Opus Mago – Cabalist. et Theosoph*: darin der Ursprung, Natur, Eigenschaft und Gebrauch des Salzes, Schwefels und Mercurii in 3 Teilen beschrieben usw. – Nachdem er eine Weile sinnend die Hand daraufgelegt hatte, setzte er sich zum Lesen nieder.

Und in dem Zimmer war es nun ganz still, und niemand unterbrach die Stille als Waldmann, der Hühnerhund, der unter dem Tische lag und zuweilen das lange Behänge schüttelte.

Da fuhr auf einmal rasch ein Wagen in den Hof. Elisabeth sprang ans Fenster. »Ach«, rief sie, »wer mag das sein! Die prächtigen Rotschimmel! und der schöne grüne Wagen.« Mathilde war gleichfalls aufgestanden, um nach dem Fenster zu gehen; allein bei ihrer Schwester letzten Worten setzte sie, wie vom plötzlichen Schreck ergriffen, sich schnell wieder auf den Stuhl, die zart geröteten Wangen entfärbten sich ein wenig und das seidne Tuch, welches züchtig Hals und Busen bedeckte, geriet in ungewöhnliche Bewegung.

Aus dem Wagen aber stieg zur Verwunderung der Zuschauer – Herr Wolfgang war indes auch ans Fenster getreten – mit abgezogener Mütze und unter vielem Hin- und Herwenden und Verbeugen Herr Heimken, Haushofmeister, Kammerdiener, Jäger, Gärtner und Verwalter auf Schloß Scharneck, und eilte nach der Haustür.

»Aber, lieber Vater«, rief Elsbeth, »wie kommt unser Heimken zu dem schönen Wagen?« Der Vater hatte nicht Zeit etwas zu erwidern, denn Herr Heimken machte bereits hastig die Tür auf, blieb jedoch mit geöffnetem Munde in derselben stehen, denn es überkam ihn ein heftiges, dreimaliges Niesen. Schnell griff er nach der Tasche, das Schnupftuch herauszuziehen, doch mit dem Tuche zugleich gab die Tasche ihren ganzen übrigen Inhalt her, der in einer Tabakspfeife nebst Tabaksbeutel, einigen Äpfeln, einem Stück Brot und mehrern kleinen Schlüsseln und zusammengewickelten Papierchen bestand und sich alsbald auf den Fußboden umher verstreuete. »Halten zu Gnaden!« rief er, »bitte tausendmal untertänigst um Verzeihung!« und sprang hinzu, die Flüchtlinge aufzulesen und wieder in Gewahrsam zu bringen. Elisabeth half ihm unter lautem Kichern. In der Eile und Verwirrung des Augenblicks aber beförderte er alles, was er aufhob oder jene ihm zureichte, in die andere linke Tasche, die unten mit einem bedeutenden Loche versehen war, und so suchte alles, was er hineinsteckte, in demselben Augenblick wieder von neuem das Weite.

»Heimken!« rief Herr Wolfgang, der sich doch eines Lächelns nicht erwehren konnte. »Plagt Ihn der Böse? So red Er doch! Was ist das für ein Wagen?«

Herr Heimken lief einem Äpfelchen nach, das munter über die Diele hinrollte und schrie: »O du Herr und Schöpfer! das war's ja eben, was ich melden wollte, und dies und das! Und zugleich bittet er ja um Erlaubnis aufzuwarten.«

»Der Wagen?« fragte Elisabeth lachend. »Halten zu Gnaden!« erwiderte jener, indem er mit dem Schnupftuch einige Brotkrumen und andern Bodensatz der ausgeleerten Tasche beiseite stäubte – »ich meine, der drin sitzt! Vom feinsten Kaliber! F, f! – Nun werden wir, Gott sei Dank, den bösen Nachbar los. Der Herr kauft Schönhain. Halten zu Gnaden! Ich begegnete ihm draußen an der großen Steineiche; er ließ halten und fragte nach dem Wege und dies und das, und da ich ihm nach Kräften Bescheid gab, mußte ich mich durchaus zu ihm setzen, ja ich mußte. Und zugleich läßt er um Verzeihung bitten von wegen der unschicklichen Zeit zu seinem heutigen ersten Besuch; er müsse aber, sagt er, notwendig noch vor der morgenden Punktation mit dem gnädigen Herrn sprechen und dies und das.«

»Schönhain also?« sagte Herr Wolfgang mit merklich glatterer Stirn.

»Schönhain?« wiederholte Fräulein Mathilde mit bebender Stimme.

»Schönhain. Ja«, bekräftigte Herr Heimken. »Gott sei Lob und Dank! Und zugleich habe ich einen Ton entdeckt, der mir ganz aussieht, als würd' er feine, feuerfeste Tiegel geben.«

»Nachher!« rief Herr Wolfgang. »Jetzt mach Er, daß Er wieder hinunterkommt. Was soll der Mann denken? Wird mir sehr angenehm sein!«

Heimken war schon draußen auf der Treppe.

»Bring mir meinen grünen Rock«, fuhr Herr Wolfgang fort, »und meine Stiefel mit den silbernen Spornen dort in die Kammer, Lieschen! Ich kann den Mann doch nicht in Pantoffeln empfangen.«

Mathilde umarmte in freudiger Beklommenheit ihre Mutter; Elisabeth sprang nach Rock und Stiefeln und dann wieder ans Fenster.

Herr Wolfgang trat eben umgekleidet wieder aus der Kammer, als Heimken die Stubentür weit aufmachte und mit einem tiefen Bückling den Besuchenden hereintreten ließ.

Es war ein wohlgewachsener junger Mann, von einfachem aber edlem Anstände, und es tat ihm bei Herrn Wolfgang eben keinen Eintrag, daß er, wie dieser, einen grünen Rock und lederne Beinkleider trug. Er stellte sich als einen Sohn des verstorbenen Finanzrats Waring, eines Jugendfreundes des Herrn von Scharneck vor, begrüßte sehr ehrerbietig Fräulein Mathilde, die er schon in Berlin einige Male gesehen zu haben versicherte, und bat dann, indem er seinen Ankauf von Schönhain kundmachte, um nachbarliche Freundschaft.

Herr Wolfgang hieß den Sohn seines alten Freundes mit Herzlichkeit willkommen. Heimken brachte zwei gestopfte Pfeifen herbei, wovon er eine dem Besuchenden anbot, der sie nicht ausschlug. Elisabeth schenkte flink in zwei weite Deckelgläser Bier ein, stellte sie mit einem Knix vor ihnen auf den großen nußbaumenen Tisch und verließ dann mit Mutter und Schwester das Zimmer. Waring bat sich nun in Angelegenheiten seines Kaufs über Verschiedenes den Rat des Herrn von Scharneck aus; dies verwickelte beide in ein weitläufiges Gespräch, und es war bereits ganz finster geworden, als jener sich empfahl und vom Herrn Wolfgang, der mit seiner neuen Bekanntschaft wohl zufrieden schien, sehr freundschaftlich ersucht wurde, recht bald wiederzukommen.

»Nun«, sprach dieser, von der Begleitung zurückkehrend, »wie gefällt euch unser neuer Nachbar?«

Frau von Scharneck und Elisabeth versicherten beide, daß er ihnen recht wohl gefiele. »Nur das gefällt mir nicht ganz«, setzte die letztere hinzu, »daß er so ernsthaft aussieht und es doch eigentlich nicht ist.«

»Nicht ist? Wieso?« fragte die Mutter mit einem Blick auf Mathilden.

Lieschen lachte und sprach: »Ich kenne meine Leute. Haben Sie ihm denn nicht in die Augen gesehen? Wenn der nicht den Schalk im Nacken hat, so fahr' ich noch heut auf dem Himmelswagen mit der krummen Deichsel spazieren!«

»Und du schweigst ganz, Mathilde?« sprach Herr Wolfgang, »du solltest doch am meisten von ihm zu sagen wissen, da du ihn schon kennst.«

Mathilde stand mit roter Glut übergossen wie eine Rose im Abendsonnenstrahl und sagte mit etwas ungewisser Stimme: »Ja, lieber Vater, ich habe ihn einige Male beim Geheimerat Asling gesehen.«

»Nun, wie gefällt er dir?«

»Es ist ein recht artiger Mann, lieber Vater!« lispelte Mathilde.

»O ja, das ist er«, rief Elisabeth, »und wohl noch mehr, und du brauchst darum nicht gleich auszusehen wie Vollmond im Kalender!«

Der Vater sah mit einem halb unterdrückten Lächeln Mathilden von der Seite an, heftete dann die Augen eine Weile nachdenklich an den Boden und wandte sich endlich mit einem raschen Kopfschütteln von ihr ab und zu dem Haushofmeister, der wartend an der Tür stand.

»Nun, wie war's denn, Heimken«, sprach er, »von wegen des feuerfesten Tons?«

Heimken stand schon vor ihm und packte einige in Papier gewickelte Proben aus.

»Ich meine, er käme eben recht«, fuhr Herr Wolfgang fort – »das Buch, das Er mir gebracht hat, scheint wichtige Aufschlüsse zu geben.«

»Halten zu Gnaden!« sagte Heimken und legte den Finger bedeutungsvoll an den Mund – »ich dachte es wohl. Und zugleich liegt mir seit einigen Tagen eine Ahnung in den Gliedern, daß wir nun in der Tat bald dem echten grün-güldischen Löwen auf der Fährte sein werden, und dies und das.«

Herr Wolfgang nahm ein Licht und das Buch von seinem Schreibtische, winkte seinem getreuen Knappen, ihm zu folgen, und begab sich nach seinem Zimmer.

3

Kopfschüttelnd und seufzend sah Frau von Scharneck ihnen nach.

Es mochte wohl schon etwas über ein Jahr her sein, daß Herr Heimken, der nach vollbrachtem Tagewerk des Abends gern noch ein Stündchen in irgendeinem kuriösen Buche zu lesen pflegte, eines Tages, da er den Abend zuvor eben den »Historischen Schauplatz sehr merkwürdiger Geschichten von unterirdischen Schätzen»(Hannover 1741) zu Ende gelesen hatte, nach neuer Nahrung suchend, auf den Boden gestiegen war, wo eine zahlreiche, von dem Großvater des Herrn von Scharneck hinterlassene Büchersammlung in einem Winkel dem Zahn der Zeit und den Motten und Mäusen preisgegeben lag, und dort in einem etwas sorgfältiger verwahrten Korbe einen Traktat von der Kunst Gold zu machen gefunden und mit sich genommen hatte.

Je weniger er von diesem Buche verstand, desto lebhafter nahm es mit den zwischen eingedruckten wunderlichen Zeichen und Figuren seine Einbildungskraft in Anspruch. Er suchte weiter nach in dem Korbe und fand ihn ganz mit Büchern von ähnlichem Inhalte angefüllt. Begierig fiel er darüber her, blätterte alle durch, las in diesem eine Seite, in jenem ein Kapitel, merkte aber doch endlich wohl, daß es ihm nicht möglich sei, in dieser Sache ganz allein zum Verständnis zu gelangen; er eröffnete daher seinem Herrn die wichtige Entdeckung, die er gemacht, und legte ihm seine darauf gebauten Luftschlösser in einem umständlichen Auf- und Abriß vor Augen.

Unglück macht zweifelsüchtig und leichtgläubig zugleich. Herr von Scharneck hörte die Mitteilungen seines Dieners im Anfang nur mit einem mitleidigen Lächeln an und ließ sich kaum bewegen, den gefundenen Bücherschatz in Augenschein zu nehmen; allein als er davorstehend endlich doch von Neugier bewogen ein und das andere Buch aufschlug, erst darin nur zu blättern, bald aber darin zu lesen anfing, da ergriffen auch ihn die wunderbaren Zeichen und Figuren, die dunkeln, kaum verstandenen Worte mit Macht und zogen ihn mit Zauberarmen hinein in ihren geheimnisvollen Kreis. Die Bücher wurden mit hinabgenommen und fleißig studiert.

Mancherlei seltsame Geschichten, seinen Großvater betreffend, die er als Kind von einem alten Diener des Hauses vernommen hatte, traten jetzt wieder aus seiner Erinnerung lebhaft hervor und erzeugten mit den zuversichtlichen Verheißungen und nur halb ausgesprochenen Ahnungen jener Bücher rosen-farbene Hoffnungen, die bei Tage wie freundliche Genien mit ihm gingen, und des Nachts als Träume gekleidet an seinem Bette standen.

Was seinem Großvater nach der Sage bereits zur Hälfte gelungen war, das konnte ihm ja ganz gelingen, und ihm vielleicht war es vorbehalten, den alten Glanz des Scharneckschen Hauses wiederherzustellen. Er las und las mit jedem Tage eifriger, und mit jedem Tage heftiger ward in ihm die Begier immer mehr zu lesen und sich mit der göttlichen Kunst zu befreunden. Doch fühlte er bald, daß es nur durch eigene Versuche möglich sei, in ihre geheimsten Tiefen einzudringen, und diese Versuche ins Werk zu stellen, wurde nun sein Sinnen und Trachten bei Tag und bei Nacht.

Das zu den chemischen Arbeiten erforderliche Material war hoffentlich aus der benachbarten Stadt herbeizuschaffen; es kam ihm also vorläufig nur darauf an, einen schicklichen Ort zu finden, wo sie sicher und ungestört unternommen werden könnten. Er wußte, daß das Laboratorium des Großvaters in dem jetzt gänzlich unbewohnten linken Flügel des Schlosses befindlich gewesen war. Dort hatte der Tod den Alten überrascht, und sein Sohn, dem das geheimnisvolle Treiben des Vaters, das er längst gehaßt, jetzt auch als die Ursache seines Todes erschien, hatte auf der Stelle den Eingang zu dem Laboratorium vermauern lassen. Diesen Eingang nun aufzusuchen und wieder zu eröffnen, beschloß Herr Wolfgang nach reiflicher Erwägung mit seinem Diener; denn dort durfte er hoffen, alle zu seinem Zweck dienliche Bequemlichkeit, Ruhe und Verborgenheit zu finden.

An einem frühen Morgen suchte er daher die verrosteten Schlüssel zu den Zimmern des linken Flügels hervor und machte sich, begleitet von seinem Knappen, beide mit den nötigen Werkzeugen versehen, auf den Weg dahin. Da er nicht wußte, in welcher Gegend des weitläufigen Gebäudes das Laboratorium sich befand, so waren sie genötigt, alle Zimmer, alle Gewölbe und Kammern desselben zu durchsuchen. Überall fanden sie noch die Spuren alter Pracht teils in den von Stein gehauenen reichen Zieraten der Mauern, teils in den Überbleibseln vergoldeter oder gemalter Tapeten, die noch an den nackten Wänden hingen, oder in dem zierlich geschnitzten Täfelwerk, das noch unversehrt die Decken und Seitenwände der Zimmer bekleidete; doch die vermauerte Tür war nirgends zu finden.

»Halten zu Gnaden«, sagte Herr Heimken, als sie wieder unten auf dem Hausflur standen, von wo ihre Untersuchung ausgegangen war – »das geht nicht mit rechten Dingen zu, und zugleich furcht' ich fast, daß uns dieser und jener die Augen verblendet!«

Indem fiel Herrn Wolfgang in einem dunkeln Winkel hinter der Wendeltreppe eine kleine eiserne Tür in die Augen. »Seltsam!« rief er. »Ist mir doch, als hätt' ich diese Tür noch nie gesehen! auch vorhin sind wir hier dicht vorbeigegangen.«

»Das kommt auf meine Rede!« fiel Heimken ein. »Diese Tür aber ist mir wohlbekannt«, fuhr er fort – »denn der alte Jakob, Gott hab ihn selig, zeigte sie mir einmal und sagte, hier wäre vor alten Zeiten die Marterkammer gewesen, und möge er keinem Menschen raten, diese Tür zu öffnen, und dies und das!«

Herr Wolfgang aber war schon dabei und versuchte seine Schlüssel. »Heimken«, sprach er, »hier finden wir das Laboratorium!«

»Was wir hier finden werden«, erwiderte jener, »das weiß Gott, der uns gnädig beistehen wolle, aber des seligen Herrn Großvaters Laboratorium gewißlich nicht!«

Der rechte Schlüssel zeigte sich endlich. Die Tür ging knarrend auf. Herr Wolfgang trat unerschrocken in das düstere Gewölbe. Heimken folgte zitternd. Auch hier keine Spur eines vermauerten Eingangs. Doch jener, der für alles gesorgt hatte, zog sein Feuerzeug hervor, zündete ein mitgebrachtes Licht an und untersuchte genauer. Da entdeckte er in der hintern Wand des Gewölbes eine große Steinplatte und auf derselben stand in flach erhabener Arbeit eine weibliche Figur. In der einen Hand hielt sie ein Schwert, in der andern etwas, das einem großen Schlüssel ähnlich sah; zwei Schwerter steckten in ihrer Brust. Zur Seite neben ihrem Kopfe standen die Buchstaben: J. W. E.

»Wie?« rief Herr Wolfgang, »sollte dies vielleicht der Eingang sein?«

»Halten zu Gnaden«, sprach Heimken ängstlich, »das ist ja da das Zeichen, wo wir sind. Das ist die Blutjungfer. Sehen Sie nicht? Und zugleich trägt sie in der Rechten das Schwert, in der Linken die Daumschrauben und dies und das!«

Herr von Scharneck ergriff das Brecheisen, welches Heimken in der Hand hatte, und stieß damit stark gegen die Steinplatte. Es klang hohl. Er wiederholte den Stoß. Da erhub sich plötzlich unter seinen Füßen ein seltsames Geräusch und dumpfes Gepolter, das ein paar Sekunden anhielt; dann war alles wieder still. Betroffen trat er einen Schritt zurück. Leichenblaß packte Heimken seinen Rockschoß. Eine Eule aber, die in einem Mauerloche über dem Bilde ihre Wohnung aufgeschlagen hatte, schoß jetzt, in ihrer Ruhe gestört, zischend und mit dem Schnabel klappernd hervor, streifte dicht an Heimkens Kopfe vorüber und suchte durch eine zerbrochene Fensterscheibe das Weite. – »Alle guten Geister! und dies und das!« schrie dieser und sank vor Schreck in die Knie. Im nächsten Augenblick aber raffte er sich wieder empor und stürzte nach der Tür! Doch, da er dabei immer rückwärts nach dem Steinbilde schauete, rannte er heftig gegen ein altes Topf- und Schüsselbrett, das seitwärts an der Wand stand. Prasselnd brach das morsche Gerüst zusammen. »Sei uns gnädig und barmherzig!« schrie Heimken. Herr

Wolfgang aber erblickte, sich umwendend, an der nun freien Wand sogleich ein Stück neuere Mauer. Freudig rief er Heimken zu: »Gefunden!« Doch Heimken hörte nicht, sondern sprang davon wie ein Besessener. Herr Wolfgang, welcher fürchtete, daß er das ganze Schloß in Aufruhr bringen möchte, lief ihm nach. Allein Heimken, der nicht anders meinte, als die Blutjungfer sei ihm schon an den Fersen, rannte nur desto unsinniger. Erst auf dem Hof gelang es jenem, ihn einzuholen, und nur mit vieler Mühe war er zur Rückkehr zu bewegen.

»Und zugleich weiß mein Schöpfer«, sprach er, sich den Schweiß von der Stirn wischend, »daß ich sonst nicht eben furchtsam bin. Aber diese steinerne Blutjungfer kommt mir so über die Maßen greulich und entsetzlich vor; mit rechten Dingen geht es auch, wie gesagt, hier nicht zu! – Denn woher kam denn auf einmal das unterirdische Toben und Wüten unter unsern Füßen und dies und das?«

Das wußte nun freilich Herr Wolfgang ebensowenig zu erklären; indes versprach er ihm vorläufig, das Bild mit nächstem ganz von der Stelle schaffen zu lassen, und so kehrten sie beide nach dem Gewölbe zurück und machten sich daran, die vermauerte Tür zu eröffnen, wobei Heimken sich jedoch wohl in acht nahm, dem Bilde den Rücken zuzuwenden.

Die Mauer war von geringer Stärke. Bald fiel der erste Stein dumpf polternd nach Innen hinein und machte eine Öffnung, durch welche Herr von Scharneck alsbald zu seiner Freude in ein geräumiges, und wie es schien, mit allem wohlversehenes Laboratorium hineinschaute. Auch Heimken guckte hinein, zog aber schnell wieder den Kopf zurück und rief: »Verdammte Fratzen überall! Kaum steckt man hier seine Nase wohin, so grinst einem auch schon ein abscheuliches Gesicht entgegen!« Er zeigte dabei durch die Öffnung nach einem in der Mitte des Laboratoriums stehenden runden Tische hin, der mit einem grünen Teppich bedeckt war und dessen drei Füße unten in drei seltsam verzerrte und mit lebendigen Farben angemalte Teufelslarven ausgingen, welche unter der Decke hervorschauten.

»Halten zu Gnaden!« fuhr er fort – »ist's nicht, als hätte der Kobold soeben auf unser Geräusch erst den Teppich aufgehoben und lauschte unter dem Tische hervor, was es wohl gäbe? Sehen Euer

Gnaden nur, wie tückisch der Satan lächelt, als spräch' er: kommt nur herein; ihr seid auch mein. Hungrig mag er freilich geworden sein in den fünfzig Jahren, daß kein menschlicher Fuß, geschweige denn eine menschliche Seele da hineingekommen ist!«

»Heimken«, sagte Herr Wolfgang sehr ernst – »Er treibt albernes Geschwätze!« Heimken aber war mit Händen und Füßen schon wieder bei der Arbeit und tat, als hätte er es nicht gehört.

Die Öffnung war jetzt weit genug, um ihnen den Eingang zu verstatten. Sie traten hinein. Alles lag und stand umher, als wäre der Herr und Meister eben in einem Experimente begriffen und nur auf einen Augenblick hinausgegangen. Eine gläserne Retorte, mit ihrer Vorlage auf dem Destillierknecht daneben, lag im Sandbade auf dem Kapellenofen; Kohlen im Korbe zur Seite; auf dem Tische ein aufgeschlagenes Buch, der Blasebalg und mancherlei Gerätschaft; eine Flasche mit gestoßnem Schwefel schien eben gebraucht worden zu sein; sie stand noch offen, der Stöpsel lag dabei. Ein großer Schrank mit Glastüren, der gleichfalls offenstand, enthielt eine Menge großer und kleiner Büchsen, Flaschen und Gläser, deren Inhalt mit roter Farbe außen angeschrieben war. Schmelztiegel, gläserne und irdene Kolben und Retorten von verschiedener Form, Mörser, Trichter, Reibeschalen standen und lagen umher. Es fehlte an nichts. Auch war dafür gesorgt, daß kein neugieriger fremder Blick von außen das Heiligtum entweihen konnte, denn seine Fenster schauten in einen kleinen, rings von hohen Mauern umgebenen Hof, in welchen man nur durch jenes selbst gelangen konnte.

Mit großem Vergnügen sah sich nun Herr Wolfgang im Besitze eines trefflichen Laboratoriums und zum Beginn der Arbeiten, nach welchen sein Sinnen und Trachten ging, mit allem Erforderlichem reichlich ausgerüstet. Der größte Teil des Vormittags ward dazu angewendet, die Werkstätte, aus welcher der Name des Scharneck-schen Hauses, gleichsam mit neuer Vergoldung versehen, frisch glänzend wieder hervorgehen sollte, von dem fünfzigjährigen Staube zu säubern, und am Abende desselben Tages schon stieg der Rauch, neues Leben verkündend, wieder aus der Esse empor.

Herr Wolfgang teilte nun seine Zeit ein. Der Morgen fiel den landwirtschaftlichen Geschäften oder der Jagd, der Nachmittag aber regelmäßig den chemischen Versuchen anheim, und obgleich sich jetzt nach Verlauf eines Jahres noch immer kein erwünschtes Resultat ergeben wollte, so verlor er drum doch den Mut nicht, sondern nannte diese Zeit sein Lehrjahr und schaute dem nun kommenden mit der fröhlichsten Hoffnung und Erwartung entgegen. »Denn«, pflegte er zu sagen, »Beharrlichkeit findet an der Zeit einen sichern und treuen Bundesgenossen.«

Seine Frau teilte diese Hoffnung keineswegs mit ihm, sondern sah seinem Treiben, das ihr sogar ein wenig unheimlich vorkam, mit Bekümmernis zu; denn sie merkte wohl, daß das Feuer in der Küche immer spärlicher brannte, je lustiger im Laboratorium geheizt wurde, und wagte deshalb einmal eine leise Erinnerung. Allein Herr Wolfgang setzte ihr sehr klar auseinander, daß es wenigstens seine Pflicht sei, diesen letzten Versuch der Rettung nicht von der Hand zu weisen, und Herr Heimken sprach: »Halten zu Gnaden, der Mensch muß seinerseits dem Glück auch eine Handhabe reichen, bei der es ihn fassen kann, sonst darf er sich nicht verwundern, wenn es vorbeiläuft; denn es ist eilig und hat in der Welt viel zu tun, besonders seitdem die Lotterie erfunden ist, und dies und das!«

4

Der neue Nachbar, Herr Waring, hatte indes Schönhain bezogen und seine Besuche wiederholt; und da er von nun an bei allen seinen Einrichtungen und Unternehmungen Herrn von Scharnecks Rat und Tat in Anspruch nahm, auch als einen Liebhaber der Jagd sich zeigte, so vergingen bald wenige Tage, wo er nicht nach Burg Scharneck, oder Herr Wolfgang nicht nach Schönhain gekommen wäre. Unter den Hausgenossen des letztern aber war keiner, der den Nachbar nicht lieber kommen als gehen sah; denn bei dem einen machte ihn seine feine Sitte, bei dem andern seine lebendige Unterhaltung, bei einem dritten seine Freigebigkeit und muntere Laune beliebt. Ein neues Leben schien auf dem alten Schlosse rege zu werden, ja, Frau von Scharneck bemerkte mit Vergnügen, daß sogar jetzt mancher Nachmittag dem Laboratorium entzogen wurde.

Doch dies war es nicht allein, was sie mit Vergnügen bemerkte; aus den häufigen Besuchen des Nachbarn leuchtete ihr auch noch mit jedem Tage deutlicher eine ganz andre Absicht hervor, als er vorgab, und diese Absicht schien ihrer Tochter Mathilde, die ganz augenscheinlich der Gegenstand derselben war, weder unbekannt noch unerfreulich zu sein. Sie konnte sich nicht enthalten, in der Freude ihres Herzens Herrn Wolfgang aufmerksam darauf zu machen. Allein zu ihrer Verwunderung legte dieser die Stirn in Falten, sah eine Weile nachdenklich vor sich hin und sprach dann, ihre Hand ergreifend: »Mein liebes Weib, die guten Eigenschaften des Nachbars und deine Liebe zu Mathilden, nebenbei auch wohl die weibliche Lust am Heiratstiften verblenden dich, sonst müßtest du ja sehen, daß ich eine solche Absicht, so ehrenvoll sie für uns wäre, so sehr ich auch den jungen Mann achte und liebe, doch nimmermehr erfüllen könnte. Waring ist reich, sehr reich; unsere Tochter aber, wie jetzt die Sachen liegen, arm, ganz arm. Möchtest du denn wohl selbst dein Kind als eine nackte Bettlerin in des reichen Mannes Haus schicken, daß er sie bekleide und ernähre? Nein, es kann daraus nichts werden! Und wenn ich auch den da nicht vor Augen hätte« – er wies auf das Bild des Ahnherrn an der Wand – »es kann daraus nichts werden, weil ich meine Tochter liebe. Brächte Mathilde ihm wenigstens 20 000 Taler zur Mitgift – mit Freuden! Denn Waring ist wacker, er ist der Sohn meines alten Freundes, und er sieht aus wie einer von den Menschen, die etwas recht liebhaben können, warum nicht also auch Mathilden, denn Mathilde ist hübsch und ist gut; aber es kommt doch eine Zeit, wo es ihm einfällt, daß er ein armes Mädchen glücklich gemacht hat. Sprich mir nicht mehr davon! Doch ja, wenn du wirklich eine gegenseitige Neigung beider entdeckst – aber wirklich! denn bis jetzt meine ich noch, du siehst sie, weil du sie wünschest –, dann ist es deine Pflicht zu sprechen, und meine Pflicht dann, den Umgang mit Waring auf der Stelle abzubrechen, so lieb mir dieser Umgang auch geworden ist.«

Frau Gertrud schwieg mit betrübtem Herzen und ging, ihre Tochter aufzusuchen, sie auszuforschen und ihr die Unterredung mit dem Vater mitzuteilen.

Einige Zeit darauf, als Waring wieder zugegen und die Familie in der großen Lindenlaube im Garten beim Tee versammelt war – denn jener hatte durch Übersendung eines geschmackvollen Teegeschirrs zu Elisabeths Geburtstag der Sitte des Teetisches endlich auch auf Burg Scharneck Eingang zu verschaffen gewußt, obgleich, wie Heimken meinte, die alten Mauern selbst die Köpfe schüttelten über das wunderliche neue Getränk, das sie jetzt zum ersten Male erblickten – da zog Waring ein Buch hervor und bat um Erlaubnis, es Mathilden überreichen zu dürfen. Es war ein Bändchen von Fouqués kleinen Erzählungen, um die Mathilde ihn gebeten hatte. Diese aber ersuchte ihn, doch gleich etwas daraus vorzulesen, denn sie glaubte gewiß, daß die schönen Geschichten ihrem Vater gefallen würden. »Und Herr Waring liest gut!« setzte sie hinzu.

Herr Wolfgang meinte lächelnd: Gut vorlesen sei eine schwere Kunst, gut zuhören aber noch viel schwerer, und versprach Waringen, er solle einen guten Zuhörer an ihm finden.

Waring schlug die Erzählung: 'Das Schwert des Fürsten' auf und las. Die lebendige und farbenreiche Darstellung der alten Zeit riß alle Zuhörer zum lebhaftesten Beifall hin. Selbst Herr Heimken, der festgebannt hinter dem Sitze seines Herrn stand, konnte sich nicht enthalten, seine Zufriedenheit zuweilen durch halblaute Worte zu erkennen zu geben. Nur Herr Wolfgang schwieg, als Waring geendigt hatte, eine lange Weile ernst vor sich hin schauend; endlich sagte er leise für sich: »O du treue, kräftige, herrliche Zeit!« stand dann auf, drückte Waringen die Hand, und nachdem er sich nach dem Verfasser erkundigt, bat er ihn, da das Buch wohl noch mehr solche Geschichten enthalte, doch ja morgen wiederzukommen und weiterzulesen.

Dies geschah, und geschah noch mehrere Abende, und endlich setzte die Gewohnheit sich als Regel fest, daß Waring, sooft er kam, auch etwas vorlesen mußte, entweder beim Tee oder, als der Sommer anfing, sich gegen den Herbst zu neigen, nach dem Abendessen, wo Herr von Scharneck gern im Großvaterstuhle sitzend noch sein Pfeifchen rauchte.

Da bei der jetzt öftern Anwesenheit eines Gastes sich das Bedürfnis eines besondern Speisezimmers ergeben hatte, so war ein der Wohnstube gegenüberliegender kleiner Saal dazu eingerichtet worden, der auf der andern Seite durch mehrere, teils leerstehende, teils nur als Polterkammer gebrauchte Gemächer mit dem linken Flügel des Schlosses zusammenhing. Hier saßen nun eines Abends wieder alle beisammen, als Waring ein Papier hervorbrachte, welches nach seiner Angabe eine Geschichte enthielt, die er aus einem alten Buche abgeschrieben, teils weil sie an sich merkwürdig, teils weil der Ort, wo sie vorgegangen, wohl gar in hiesiger Gegend zu suchen sei, und so wolle er, nachdem sie jetzt so viele moderne Schilderungen der alten Zeit gelesen, heut einmal diese alte Zeit selber sprechen lassen. Damit fing er an zu lesen wie folgt:

»Umb selbige Zeit geschach's, daß sich eine Gesellschaft zusammenthat, wurde genannt die Drischel-Rotte, deren Urheber die Grafen von Honstein und Heldrungen gewesen und hattend selbige kein anders Absehen, denn lediglich nur auf Rauben und Plündern. Sy gtriebend aber zu Anfang jr Muthwill ganz in der Stille, bis jnn allgemach das Glück den Kamm angeschwellt, also daß sy endlich ganz offentlich herausgingen, frank und frey Wegelagerung triben, Städte und Schlösser bekriegten und überfielen, wie sy denn einsmals sich so weit kühnten, daß sy den Grafen Heinrich zu Kälbern Nachtszeit mit Gewalt von seinem Schlosse hinweg führten.

Item so war in sächsischen Landen ein Edler Birke von Dauba, dem hattend sy es schon lange zugedacht seines Reichthums halber, denn es ging von demselben die Rede, daß er der Kunst, Gold zu machen, verständig sey, und da sy uf mancherlei Weis vergeblich versucht, an jn zu kommen, zogend sy endlich mit vilem Volk zu Nacht vor das Schloß, wo er grad seyn Auffhalt genommen und legten sich dorten ins Versteck; da es aber kaum begunnte auffzutagen, brachen sy hervor in hellen Haufen und liefen Sturm uf das Schloß, vermeintend, daß alles drin noch im Schlaf und solcher Gäste nicht gewärtig sey, so möcht es jnn ein leichtes werden, selbiges also mit einem kühnen Gewaltstreich zu erobern. Der Birk von Dauba aber, welcher etwan Kunde erhalten, von dem, was ihm bedrohte, hatte sich wohl vorgesehn und gerüstet und stand auff seiner Hut. Darumb als sy nun an die Mauer kamend, wurden sie gebührender maaßen empfangen mit Pfeilen und Steinen und Schwefel und Pech, mußten mit blutigen Köpfen wider von dannen ziehn und etzliche der ihrigen dahinten lassen. Und als nun der ganze Hauf unten am Berg weg sein Abzug hielt, stellten die in der Burg jnn im Angesicht eine Sau mit Rocken und Spindel auff die Mauer und riefen jnn zu: Wann dise Sau ihrn Rocken abgesponnen, sollten sy die Burg erobern.

Hätten aber besser gethan, wann sy Gott ganz in der Still gedankt, der solche Fahr und Noth gnädiglich von jnn abgewandt, maaßen das lustig Stücklein jnn gar übel bekam.

Denn es bfand sich auf dem Schlosse ein Burgvogt Namens Heimken, war gegen seinen Herrn verrätherisch gestimt, der macht ihm noch desselbigen Tages ein Gewerb draußen, ritt den Raubern nach, und da er sy eingeholt, spricht er, so sy ihn des vierten Theils von der Beute versicherten, wolle er jnn in nächster Nacht ein heimlichen Gang eröffnen, der in das Schloß führe, und das ganze Schloß in jre Hände spilen. Die Rauber bedachtend sich nit lang sagtend ja, und da es Nacht geworden, führten sy jr Volk wiederum zurück.

Item da soll es sich zugetragen haben, daß das älteste Söhnlein des Birken von Dauba mitten in der Nacht ein jämmerlich Winseln und Wehklagen erhub und ängstlich nach seim Aeti rief, also daß diser endlich darüber erwacht und nach der Ursach gefragt, worauf das Herrlein ihm zugerufen: ,Aeti, Aeti, steh auf und nimm dein Schwert zur Hand, die Rauber sind wider da!' Der Vater aber, welcher meint, das Kind sprech im Schlaf, kümmert sich des nit weiter und schlaft wieder ein. Ueber eine Weil aber hebt das Kind sein Lament von neuem an und jammert: ,Mein Aeti und mein Mütterli, wie seyd ihr doch vom Blut so roth!' Und als die Mutter dies vernehmend erschrocken aus dem Bette springt und das Söhnlein wider zu Ruh bringen will, spricht es zu jr: ,Weck den Vater und heiß ihn sein Schwert zu Hand nehmen; die Feind sind schon am Keller! Horch! horch! sie brechen durch die Maur!' Die Mutter horcht; da aber draußen alles still und ruhig bleibt, wagt sy nit jr Gemahl zu wecken, legt sich zu Bett und schläft bald wieder ein. Und wider über eine Weil erhebt das Kind zum drittenmal sein Wehklagen und Jammer, doch diesmal noch durchdringlicher denn zuvor; und da der Vater endlich drüber aus dem Schlaf fährt und unwirsch vom Bette springt, jammert es ihm entgegen: ,Schau, schau, zween blutge Schwerter am Himmel, zween blutge Schwerter in Mütterlis Brust!' Und da er sich nach dem Fenster wendet, ersieht er am Himmel ein Zeichen in Wahrheit nit anders, denn zwei blutge Schwerter zu schaun. Darob überkommt ihn ein Schrecken und Grausen, nimmt sein Schwert von der Wand und lauft eilends die Stiege hinab, willens nach den Wachten zu sehn und die andern zu wecken. Doch eben, wie er hinab kommt, bricht die Rauberrott aus der Kellerthür in das Haus, und da sy sein ansichtig werden, fallen sy jn an, jn zu greifen; er aber wehrt sich mannlich, schlagt ihrer etzliche zu Boden, und es ist andem, daß er durch die Thür entwischt; da stößt ihm einer von hinten di Partisan in den Leib, daß er niederstürzt und muß also unter tausend Stichen und Streichen sein ritterlich Leben von sich hauchen. Darauff überwältigen sie die Schloßwacht mit leichter Müh und verstreuen sich durch das Haus zum Plündern. Der Birk von Dauba aber hatte sein gülden und silbern Geräth und baar Geld in die Erd gegraben, also daß sy nit vil finden mochten, gingen daher di Hausfrau mit harten Worten an, sy soll bekennen, wo jr Herr sein Schatz versteckt und da sy sich dessen weigert, suchen sy mit Brüllen und Toben durch alle Keller und Gewölbe und schleppen die Frau mit sich, war aber alles vergeblich. Da tritt der schelmische Burgvogt vor die Frau und schreit ihr zu, sy solle jetzt auf der Stell bekennen, ansonst müsse sy sterben. Des lacht die Frau recht grimmig, meint, da jr Gemahl tod, begehr sie's nit besser. Der teuflische Burgvogt aber reißt jr das jüngste Kind vom Arm, das sie grad an der Brust hatt und will es an der Wand zerschmettern, so sy nit bekennt. Doch die Frau bleibt standhaft, spricht: ‚Immerhin! so kommts zu seinem Vater. Ihr sollt doch nimmermehr erfahren, wo der Schatz verborgen liegt!' Und wie der Burgvogt eben das Knäblein mit beiden Armen hoch in die Luft schwingt, ersieht sy jr Vortheil, reißt einem von den Raubern die Wehr aus der Hand und stoßt sie dem Burgvogt tief in sein schwarzes Herz, wirft sich auch alsbald einer grimmen Löwin gleich unter die Rauber, schlagt wüthend um sich, und laßt sich nit ehr gewältigen als durch den Tod, der ihr auch zur selben Stell mit vielen Wunden endlich geworden. Die Rauber aber konnten den Schatz nicht finden und mußten unverrichteter Sachen wieder abziehen.

Als nach der Zeit das Schloß an einen andern Herren gekommen, hat derselbe zum ewigen Gedächtnis an dem Ort, wo sich dies zugetragen, eine steinern Tafel in die Wand mauern lassen, darauff die tapfere Frau abgebildet mit zwei Schwertern in die Brust, ein Schwert in der Rechten, einen Schlüssel in der Linken, zur Seiten aber die drei Buchstaben J. W. E. welches so viel bedeutet als: Ich Weis Es. Und ist auch bis auf disen Tag diselbige die einzige, die da weiß, wo der Schatz vergraben, und hat es bis dato niemand gelingen wollen, demselben auff die Spur zu kommen, so viel jrer sich auch schon darum gemüht; wovon manche absonderliche Geschichten zu erzählen wären.«

Herr Wolfgang, welcher seit der Erwähnung des Steinbildes mit weit vorgestrecktem Leibe, beide Hände auf die Armlehne des Sessels gestützt, hoch aufhorchend dasaß, rief jetzt: »Halt! Wie war das? Noch einmal. Als nach der Zeit das Schloß« – – –

Waring wiederholte die ganze Stelle. »Es ist kein Zweifel!« sprach Herr Wolfgang, als er geendigt hatte, und wandte sich nach Heimken um, der hinter ihm stand und mit offnem Munde noch immer nach dem Vorleser hinstarrte. »Es ist kein Zweifel, Heimken!«

»Sei uns gnädig und barmherzig, und dies und das!« stammelte Heimken.

»Aus einer Urkunde, in deren Besitz ich bin«, fuhr Herr Wolfgang gegen Waring fort, »scheint allerdings hervorzugehen, daß die Birken von Dauba, die mit unserm Geschlecht nahe verwandt waren, zu damaliger Zeit auch in hiesiger Gegend begütert, ja daß sie sogar damals im Besitz dieses Schlosses gewesen, obwohl es früher von den Scharnecken erbaut und auch besessen worden, auch um das Jahr 1443 wieder an sie zurückgefallen ist.«

»O du Himmel!« rief Elisabeth, »so ist die gräßliche Geschichte wohl gar in unserm Hause geschehen?«

»Es leidet keinen Zweifel!« entgegnete Herr Wolfgang.

»Ach, und der gottlose Burgvogt Heimken«, fuhr Elisabeth fort – »wenn er am Ende gar der Ahnherr unsers Heimken gewesen wäre! – Mach Er nicht so entsetzliche Augen, Heimken! Mich überläuft es ohnedies ganz kalt, wenn ich Ihn ansehe und denke, daß Er von dem abscheulichen Burgvogt abstammt.«

Waring bat um die Erlaubnis, noch einige Worte hinzuzufügen, womit sein alter Chronikenschreiber die Erzählung beschließe, und las also weiter:

»Du aber, mein Leser, so etwa auch dich die Lust angehn sollte, solchen Schatz zu heben, laß dir gesagt seyn und merke wohl auff meine Worte. Zum ersten merk: wer den Schatz heben will, soll von den Birken von Dauba abstammen, oder doch, da das Geschlecht jetzt ausgestorben, von einem andern Geschlecht, das selben nah verwandt gewesen ist. Zum andern merk: so du den Schatz heben willst, sollst du in derlei Dingen, als Schätze graben und Geister bannen, wohl erfahren und überhaupt *in Magicis* tüchtig seyn, oder doch ein solchen erfahren Mann zu Hand und Beistand haben, wie denn hier erst die Wünschelruthe den Ort anzeigen muß, wo der Schatz verborgen.

Denn es lauft die Sage, daß der ermordete Burgvogt in Gestalt eines schwarzen, ungeheuren Wulffen den Schatz bewahre, und muß derselbige erst auf die rechte Weise gebannt und erlöst werden, ehedann sich einer des Schatzes ermächtigen kann. Merk endlich zum dritten und letzten: Wer den Schatz heben will, soll reines Herzens seyn und ohne Falsch, keine Blut- noch sonst schwere Schuld soll auf ihm haften, auch soll ihn nit bloßer Vorwitz, viel weniger Geitz und Habsucht darzu treiben, sondern die gestrenge Noth und aufrichtige Bedürfniß, ansonst er sein Vorhaben nimmer vollführen oder wohl gar deß Schaden leiden möcht am Leib und an der Seele.

Du aber, mein Leser, wenn du diese drei Punkt gelesen hast, und hast dir bei jeglichem mit gutem Gewissen sagen durfft: Das bin ich! nun so sey getrost und fasse Muth und geh und heb den Schatz in Gottes Namen!«

»In Gottes Namen!« sagte Herr Wolfgang vor sich hin. »Wenn es«, fuhr er fort und wollte dabei scherzhaft aussehen, allein seine bebenden Lippen zeugten von der heftigen Bewegung in seinem Innern – »wenn es mit der Geschichte seine Richtigkeit hat, so scheint es ja fast, als sei der Schatz mir bestimmt. Denn mit den Birken von Dauba war unser Geschlecht nahe verwandt, auf mir haften keine Blut- noch sonst schwere Schuld, und daß nicht die Habsucht mich treibt, das ist Gott bekannt, der mir ins Herz sieht. Vom Geisterbannen versteh ich freilich nichts, doch läßt sich da vielleicht Rat schaffen.«

Frau Gertrud schüttelte lächelnd den Kopf und sprach: »Aber woher weißt du denn so gewiß, daß der Schatz hier bei uns vergraben liegt?«

»Das Steinbild«, erwiderte er und zeigte mit dem Finger nach der Seitentür, »das Steinbild, wie es hier beschrieben ist, so steht es ja

dort drüben auf dem linken Flügel! Und morgen sollst du selbst« –
– –

Indem er aber so nach der Flügeltür zeigte, mit welcher der
Sturm, der draußen tobte, schon lange geklappert hatte, flog sie
plötzlich krachend weit auf; ein kalter Wind fuhr heulend durch
den Saal, daß die Kerzen auf dem Tische fast verlöschten. Laut
schreiend sprangen Mathilde und Elisabeth, die der Tür zunächst
saßen, von ihren Sitzen und flüchteten zu der Mutter.

»Es meldet sich!« sprach Herr Wolfgang, nach der dunklen Öffnung starrend. Ein banges Schweigen entstand von mehrern Sekunden. Alle schaueten unverwandt nach der offnen Tür, als sollte
jemand hereintreten. Endlich erhielt Heimken den Befehl, sie zu-
zumachen. Allein Heimken stand selber gleich einem Bilde von
Stein, und die Tür blieb offen, bis zuletzt Waring, wie über sich
selbst zürnend, hastig aufsprang und hinging, sie zu schließen.

Das Leben, welches bis jetzt in aller Adern gestockt zu haben
schien, nahm nun wieder einen freien Lauf. Jeder lachte die andern
aus über ihren Schreck. Nur Herr Wolfgang saß still vor sich hin
schauend, und Heimken stand noch immer, wie er vorher gestanden hatte.

»Also das steinerne Bild« – hub endlich Waring an.

»Ja, das steinerne Bild!« fiel Herr Wolfgang ein. »In einem Gewölbe dort drüben ist es in die Wand eingemauert. Morgen sollen
Sie es selbst sehen.«

Waring wünschte ihm freudig Glück zu dem Schatze; und pries
seinen guten Stern, der ihn heute dahin geführt, die Geschichte
vorzulesen. Doch Herr Wolfgang sprach: »Kaum weiß ich, ob ich
Ihren Glückwunsch annehmen soll! Geld bringt Sorgen. Noch hab'
ich den Schatz nicht, wenn wirklich einer da ist, und schon fühl' ich
mich von Sorgen und banger Unruhe ergriffen, ja recht im Innersten
zerstört und zerrissen. Drum gute Nacht für heute! Ich muß versuchen, ob ich darüber im stillen Kämmerlein wieder mit mir selber
eins werden kann.«

5

Es waren indes bereits mehrere Tage vergangen, und noch immer schien Herr Wolfgang nicht mit sich selber eins geworden zu sein, vielmehr wuchs ihm die innere Unruhe nur immer wuchernder nach Brust und Kopf, trieb ihn bald aus dem Schloß in Feld und Wald, bald aus Feld und Wald wieder ins Schloß zurück und zu dem steinernen Bilde hin, vor welchem Sorge und Hoffnung, Furcht und Begier sich wieder zu neuem Kampf und Streit um sein Herz ermunterten. Er zweifelte nicht, daß, wenn irgendwo, just hier in der Nähe des Bildes der Schatz zu finden, vielleicht wohl gar hinter demselben in der Mauer verborgen oder unter ihm in der Erde vergraben sein müsse, und würde schon längst der quälenden Unruhe, die ihn wie einen Geächteten umhertrieb, durch genaueres Nachforschen ein Ende gemacht haben, wenn die Besorgnis, durch einen aus Unwissenheit etwa dabei begangenen Fehler des Schatzes verlustig zu gehn, am meisten wohl aber die Furcht vor dem schwarzen Wächter desselben ihn nicht zurückgehalten hätte.

Da trat eines Abends Herr Heimken mit freundlich geheimnisvoller Miene, obwohl ein wenig blaß, zu ihm ins Zimmer und meldete, daß er heut draußen im Brand einen Mann getroffen, wie sie ihn eben brauchten. Dieser Mann nämlich sei mit allem, was sich in hiesiger Gegend seit hundert und seit tausend Jahren zugetragen, so bekannt, als er mit einem Hasengescheide, wisse auch von dem Schatze auf Burg Scharneck, und habe sich nicht undeutlich merken lassen, es sei ihm ein kleines, denselben zu heben. Allein der Mensch, er könne es nicht bergen, trage etwas recht Unheimliches und Grauenhaftes an sich, und er hege über ihn seine ganz besonderen Gedanken.

»Nun?« rief Herr Wolfgang. »Und wo ist er?« – »Halten zu Gnaden!« erwiderte Heimken, »er wollte sich durchaus nicht halten lassen. Er ist seines Glaubens ein reisender Jäger und geht nach Berlin, wohin er berufen ist, und zugleich steht er draußen vor der Tür. Ich habe ihn doch noch beredet und dies und das!«

Auf seines Herrn Befehl öffnete Heimken die Tür, und herein trat ein ziemlich langer, hagerer Mann in einem abgetragenen grünen Rocke, schwarzen Hosen mit weißen Stiefelkäppchen und einer gelbledernen Weste mit langen Schößen, Flinte und Büchsensack über der Schulter. Sein Gesicht hatte eine maskenartig starre Unbeweglichkeit und sah aus wie ein verblichenes Pergament, auf welches Alter, Sünde und herbe Erfahrung ihre Kundschaft in scharfen Zügen eingeschrieben hatten. Eine kahle Platte zog sich wie eine breite Straße von der Stirn über den ganzen Scheitel, das rote, struppige Haar, das wie ein brennender Wald zu beiden Seiten stand, gab dem Kopfe eine unförmliche Breite. Sein linkes Auge bedeckte ein schwarzes Pflaster, sein rechtes aber schien der lachende Erbe des toten Nachbars gewesen zu sein, denn es blitzte und funkelte mit einem ganz ungewöhnlichen Leben und Feuer aus seiner tiefen Höhle hervor. Er stellte seine Flinte in einen Winkel an der Tür; dann verneigte er sich ehrerbietig vor Herrn Wolfgang, indem er dabei die Hände über der Brust kreuzte. Auf die Frage, wo er her sei, und wie er heiße, erwiderte er mit einer heiseren Stimme: »Meine Heimat ist nirgends; mein Name aber ist Heimken.«

Herr Wolfgang sah verwundert seinen Diener an, der vor dieser Namensgleichheit sichtlich erschrak und sich noch um einen Schritt weiter von dem Fremden zurückzog.

»Und Ihr wollt nach Berlin?« fuhr Herr von Scharneck fort. »Ich hab's versprochen!« entgegnete jener.

»Und Euer Geschäft dort, wenn man fragen darf?«

»Ich bin dorthin berufen, einen Geist zu bannen.«

»Ich hätte gedacht, in Berlin, wo man an gar nichts glauben soll« – »'s ist jetzt Mode, an Geister zu glauben.«

»Und Ihr versteht Euch aufs Geisterbannen?«

»In vierhundert Jahren lernt man mancherlei.«

Herr Wolfgang blickte abermals seinen Diener von der Seite an und trat jetzt selbst unwillkürlich einen halben Schritt von dem Alten zurück. Dieser aber sah sich indes im Zimmer um, schüttelte den Kopf, und sprach für sich hin: »Auch das Wappen hat die Zeit verlöscht!«

»Welches Wappen?« fragte Herr von Scharneck.

»Das Wappen der Birken von Dauba stand sonst in Stein gehauen über dieser Tür.«

»Ihr wißt hier gut Bescheid, wie es scheint!« rief Herr Wolfgang. »So wißt Ihr auch wohl von dem Schatze, der hier im Schlosse liegen soll?«

Der Alte seufzte aus tiefer Brust und nickte schweigend mit dem Kopfe.

»Wenn man nur eigentlich den Ort wüßte« – – hub jener wieder an.

»Frage nur die steinerne Frau drüben, gestrenger Herr«, unterbrach ihn der Alte – »die weiß ihn!«

»Wenn Ihr sie fragen wolltet« –

»Sie ist stumm für mich!«

Beide schwiegen. Herr Wolfgang schien zu überlegen. Nach einer Weile sagte er endlich: »Freund, ich denke, wir verstehn uns. Mit einem Worte, darf ich auf Euren Beistand bauen?«

»Ihr baut auf schlechten Grund, Herr!« erwiderte der Alte.

»Ich will es darauf versuchen!« sprach Herr Wolfgang mit entschloßner Stimme, »der fünfte Teil des Schatzes ist Euer Lohn.«

Der Fremde schüttelte den Kopf. »Mich kann kein Mensch lohnen. Mein Lohn kommt von oben.«

»Wann aber soll's geschehen?«

»Nur eine Nacht darf ich rasten unter einem Dache!«

»Wohl dann also noch diese Nacht! Und zu welcher Stunde?«

»Wenn heut und morgen sich begegnen. Doch jetzt vergönnt mir zu ruhen bis gegen Mitternacht, dann laßt mich wecken und haltet Euch bereit!« Er neigte sich wieder ehrerbietig vor Herrn Wolfgang, winkte Heimken, dem jener befahl, ihn nach seinem Zimmer zu führen und zu bewirten, und ging.

Wie seltsam, ja unheimlich nun auch Herrn Wolfgang die ganze Erscheinung vorkam, wie wenig Gutes er sich auch von derselben versah, so ließ doch die halb frohe, halb bange Erwartung dessen, was diese Nacht bringen sollte, ihn nicht recht darüber zur Besinnung kommen. Sorgfältig überlegte er, was etwa zu dem bevorstehenden Werke erforderlich sein möchte, holte ein paar geweihte

Gewitterkerzen aus dem Schranke, setzte für jeden Fall seine Pistolen instand, und befahl Heimken, alles sonst noch Benötigte herbeizuschaffen.

Beim Abendessen vermochte er vor innerer Unruhe nichts zu genießen. Auf Frau Gertruds sorgliche Fragen, was ihm fehle, erwiderte er bloß mit beklommener Brust: »Bitte und bete zu Gott, daß er mein Vorhaben segnet; dann ist uns allen geholfen!« – Ohne erst wie gewöhnlich im Kreise der Seinen noch seine Abendpfeife zu rauchen, brach er bald auf, küßte seine Frau und seine Kinder mit einer seltsam feierlichen Bewegung und zog sich in sein Zimmer zurück.

Auf Schneckenfüßen schien seiner Ungeduld die Zeit vorwärts zu kriechen. Endlich zeigte der Weiser an der Wanduhr auf halb zwölf. Heimken ward abgesendet, den Fremden zu wecken. Doch atemlos und bleich stürzte er bald darauf wieder in das Zimmer. Seine keuchende Brust konnte keines Wortes mächtig werden; er winkte nur mit beiden Händen.

»Was gibt's?« rief Herr Wolfgang. »Red Er!« Statt der Antwort reichte ihm Heimken einen Zettel hin. Auf dem Zettel stand: "Die blutigen Schatten der Vergangenheit, die unter diesem Dache hausen, lassen mich hier nicht rasten. Wehe mir! Ich muß fort! Heute über ein Jahr vielleicht sehen wir uns wieder."

Herr Wolfgang starrte Heimken, und dieser seinen Herrn an. Endlich fragte der letztere kaum hörbar: »Wirklich fort?« Heimken nickte mit dem Kopfe, und jener stand eine Weile wie zu Eis erstarrt. Plötzlich aber brach die Flamme seines Zorns durch alle Bande! »Verdammter Kobold!« rief er, »so also dachtest du mich zu äffen! Aber wohin du auch gehst, ich folge dir nach. Wo du auch bist, ich suche dich auf! Du sollst mir Rede stehen, du sollst dein Wort halten, ich will dich zwingen zu meinem Beistand!«

Von diesem Augenblicke an fand er nirgends mehr Ruhe im Schlosse. So nahe schon der ersehnten Küste, wo das Goldne Vlies ihm winkte, und jetzt wieder auf einmal so weit hinausgeworfen auf das Ungewisse Meer des Zweifels und des Zufalls! Das Jahr, worauf der Fremde ihn vertröstete, schien ihm eine Ewigkeit. Er hatte nach Berlin gewollt; dort mußte es möglich sein, ihn aufzufinden. Nach Berlin zu also wurde das Schiff gewendet, die Wimpel flatterten, die Segel waren aufgezogen; ein Brief des Geheimerats Asling, der in diesen Tagen ankam, gab endlich auch den günstigen Wind zur Fahrt. Der Geheimerat mahnte dringend seinen alten Freund an das oft wiederholte Versprechen, ihn einmal in Berlin zu besuchen. Freudig ergriff Herr Wolfgang diesen Vorwand zu einer Reise dorthin und waffnete sich mit der freundlichen Einladung als mit einem Schilde gegen die Verwunderung, das Erstaunen und die Erinnerungen seiner Frau. Heimken ward nach der Stadt gesendet, um einen goldnen Becher und eine goldne Kette, die einzigen Kostbarkeiten, welche die Familie noch besaß, dort in geprägtes Metall umzuwandeln und dem Reisevorhaben dadurch das belebende Prinzip einzuhauchen. Waring bedauerte sehr, jetzt eben durch eine dringende Reise nach Dresden vom Mitreisen abgehalten zu werden, ließ es sich aber nicht nehmen, seine Pferde dazu wenigstens bis auf die Hälfte des Weges herzugeben, und so bewegte sich an einem frühen Septembermorgen die große Familienkutsche, zu diesem Zwecke in baulichen Stand gesetzt, bespannt mit vier mutigen Rossen, lustig klappernd zum Schloßtor hinaus und führte Herrn Wolfgang mit Frau und Kind und Diener und einer nicht unbeträchtlichen Ladung von Wünschen, Hoffnungen und Erwartungen der Residenz, ihrem gemeinsamen Ziele, zu.

6

Der Sand der letzten neun oder zehn Meilen vor Berlin, über welchen Herr Wolfgang und Heimken um die Wette den Kopf geschüttelt hatten, war endlich überwunden; von einer Anhöhe sahen sie weit hingedehnt im Tale die Königsstadt vor sich liegen. – »Ist das endlich die Residenz?« rief Heimken vom Bock herunter. – »Berlin!« antwortete der Postillon. – »Und was ist das für eine Stadt?« fuhr Heimken fort, indem er mit der Rechten nach den seitwärts am Schlesischen und Frankfurter Tore gelegenen Häusern zeigte. »Berlin!« erwiderte der Postillon. – »Aber diese Stadt da?« rief Heimken und zeigte links nach dem Turme der Jerusalemer Kirche und den weiter dorthin liegenden Häusern. – »Berlin!« erwiderte der Postillon abermals.

Herr von Scharneck, der sich an Breslau und einige süddeutsche Städte erinnerte, die er in früherer Zeit gesehen, war der Meinung, daß Berlin im Verhältnis seiner Größe doch wenig Türme aufzuzeigen habe und sich daher minder stattlich darstelle als manche andere kleinere Stadt.

»Waring verglich neulich«, sagte Mathilde, »die spitzen Kirchtürme mit Hörtrichtern, durch welche dem Himmel die Bitten der Erde zugeführt und vernehmlich gemacht werden sollen.«

»Auf diese Art«, fiel Elisabeth ein, »schien es ja fast, als hätte Berlin dem Himmel weniger zu sagen als andere Städte!«

Sie kamen ans Tor, der Visitator trat an den Wagen und fragte nach Akzisbarem. Herr von Scharneck hielt es für unerlaubt, einen Diener des Königs durch Bestechung von seiner Pflicht abwendig zu machen, ob er gleich den Gebrauch wohl kannte, und so wurden freilich alle Koffer und Kasten, zu Heimkens großem Verdruß, bis auf den tiefsten Grund aufgewühlt. Endlich erhielten sie die Erlaubnis weiterzufahren. – »Kommen wir denn nicht bald in die Stadt?« fragte Heimken, indem sie das Feld am Kottbusser Tor durchschnitten. »Wir sind schon drin!« sagte der Postillon. »Eine Stadt ohne Häuser«, rief Elisabeth, »das ist wunderlich!« – Allmählich traten nun aber Häuser an die Straße, immer lebendiger ward das Treiben und Gedränge auf derselben, so daß die Reisenden meinten, es müsse heut etwa ein Fest sein. Elisabeth fand die dreisten Blicke der Vorübergehenden, von denen manche sogar Brillen auf der Nase trugen, sehr befremdend; höchst unanständig kam es ihr vor, daß viele selbst lachend stehenblieben und das wunderliche Gebäude der altfränkischen Kutsche samt seiner Fracht mit Erstaunen vorüberwackeln sahen.

Ganz besonderes Vergnügen schien Heimken mit seinem dreieckigen Hute und langen Zopfe, seinen großen schwarzen Pudel zwischen den Beinen, bei der Straßenjugend zu erregen, aus welcher sich bald eine ansehnliche Begleitung bildete, die den Wagen mit lautem Geschrei verfolgte. Je mehr Heimken vom Bocke herunter auf sie schalt und schimpfte, desto unbändiger ward der Jubel. Schon fing das Vergnügen, nicht zufrieden mit dem Ausweg durch die Kehle, auch in den Händen an sich zu regen und selbst den Straßenkot zu beflügeln, als sie endlich vor dem Hause des Geheimerat Asling anlangten, und dieser, als er den Wagen mit so fröhlichem Gefolge ankommen sah, erschrocken hinabeilte, seine Gäste in

Sicherheit zu bringen, und seinen alten Freund mit Herzlichkeit willkommen hieß.

7

Am andern Morgen in aller Frühe hielt Herr von Scharneck Rat mit seinem Diener, auf welche Weise nun die Spur des Geisterbanners am sichersten aufzufinden. Daß dies wohl so leicht nicht sein möchte, als sie es sich vorgestellt, davon waren sie schon gestern durch die Länge und Menge der Straßen, durch welche ihr Weg sie geführt hatte, überzeugt worden; indes verloren sie darum den Mut noch nicht, und Herr Wolfgang, mit den Einrichtungen großer Städte doch einigermaßen bekannt, hielt es am Ende für das Geratenste, in allen Gasthöfen und bei den Polizeikommissarien sämtlicher Stadtviertel Umgang und Nachfrage nach dem Fremden zu halten, den sein auffallendes Äußere leicht erkennbar machte.

Demzufolge begaben sie sich unter dem Vorwande, die Stadt zu besehen, mit einem Grundrisse derselben bewaffnet, sogleich an die Ausführung des entworfenen Plans. Der Geheimerat, worauf sie gerechnet hatten, wurde durch Geschäfte verhindert, sie zu begleiten. Allein nachdem Heimken, auf dem glatten Pflaster ausglitschend, zehnmal die Tiefe der Rinnsteine gemessen, und da er überall gaffend stehenblieb, zwanzigmal in Gefahr gewesen war, von vorübereilenden Wagen gerädert zu werden, kehrten sie endlich gegen Mittag unverrichteter Sache müde und hungrig nach ihrer Wohnung zurück.

Beim Tische ward Herr von Scharneck mit dem gefaßten Beschlusse bekannt gemacht, heut abend im Theater »Die Schuld»von Müllner zu sehen. Er versprach, sich dort einzufinden, und bat den Geheimerat, ihm zu diesem Ende die Nummer der genommenen Loge mitzuteilen. Für den Nachmittag entschuldigte er sich abermals durch Geschäfte in der Stadt. Mathilde schlug vor, die Zeit bis zum Schauspiele bei dem schönen Wetter zu einem Spaziergang nach dem Tiergarten zu benutzen, und Fräulein Mathilde war nicht ohne gute Ursachen zu diesem Vorschlage. Waring nämlich hatte diesen Morgen ihr schriftlich angezeigt, daß er gleichfalls in Berlin angekommen sei, und sie um eine Zusammenkunft im Tiergarten gebeten, wo es leicht sein würde, sich unbemerkt zu treffen, denn er habe sehr wichtige Gründe zu dem Wunsche, daß seine Gegenwart für Herrn von Scharneck ein Geheimnis bleiben möge. Mathildens Vorschlag ward angenommen. Frau Gertrud mit ihren beiden Töchtern und ihrem Sohne begaben sich in Begleitung des Geheimerats nach dem Tiergarten; Herr von Scharneck und Heimken traten ihre Wanderung von neuem an.

Auf dem Gange durch die Linden glaubte Mathilde den bekannten grünen Wagen mit den Rotschimmeln in der Ferne vorübereilen zu sehen. Waring schien an der Seite eines Frauenzimmers darin zu sitzen. Eine ihr bis jetzt unbekannt gebliebene schmerzliche Empfindung regte sich in ihrem Busen und trieb eine zornige Röte auf ihre Wangen.

Als sie endlich in den sogenannten Zelten angekommen waren, flogen ihre Blicke spähend nach allen Seiten. Waring ließ sich nirgends sehen. Der Geheimerat, der Gewohnheit der Berliner entgegen, die anmutige Aussicht dem Staube und Gedränge vorziehend, führte seine Gesellschaft nach dem Platze hinten am Wasser. Da nahte sich ein junger Mann Mathilden, derselbe, der ihr schon heut den Brief von Waring gebracht, und steckte ihr verstohlen ein Billett zu. Sie erkannte Warings Hand; doch da eben ihre Mutter sich nach ihr umsah, schob sie es schnell in den Busen. Der Geheimerat war indes an das Geländer an der Spree getreten und zeigte seiner Begleitung links Bellevue und rechts das prächtige Gebäude der Charité. Diese Gelegenheit benutzte Mathilde, um schnell das Billett zu öffnen und zu lesen.

Es enthielt bloß mit einigen flüchtigen Worten eine kahle Entschuldigung seines Nichtkommens, da er in diesem Augenblicke zu ihrer beiden Glück und Heil an einem andern Orte beschäftigt sei.

»Beschäftigt!« flüsterte Mathilde, »und wohl angenehmer!« und legte die kleine Hand unter die linke Brust, wo sie eben einen recht stechenden Schmerz fühlte, und zwei große Tränen perlten ihr in den schönen Augen. Doch ihr Herz konnte den Glauben an Warings Treue nicht so geschwind aufgeben, und das alte Vertrauen, nur auf einen Augenblick aus seiner Wohnung verdrängt, machte bald wieder sein Recht auf dasselbe geltend, und so fing es allmählich an, wieder gelassener zu schlagen, und als darauf der Tee kam, konnte sie mit einer gewissen behaglichen Sorgfalt die Handschuhe auf dem Tische zusammenlegen, ja, als ihrem ungeschickten Bruder das allzu große Stück Kuchen von dem Löffel abglitschend in die Tasse zurückfiel und ihm der Tee ins Gesicht sprützte, vermochte sie recht herzlich darüber zu lachen. Allein auf dem Heimwege ging ihrem Herzen alle erkämpfte Ruhe und Heiterkeit mit einem Male wieder verloren. Der grüne Wagen mit den Rotschimmeln jagte unter den Linden ganz nahe vorbei. Waring saß neben einem jungen Frauen-zimmer, hinter deren großen Hute er sein Gesicht zu verbergen suchte. – »War das nicht Waring?« rief Elisabeth. – »Nein, nein!« erwiderte der Geheimerat mit einem besondern Lächeln. »Sie irren sich! Waring ist jetzt nicht in Berlin.« Mathilde aber senkte die trä-nenschweren Blicke zur Erde und sprach leise, doch mit einer Emp-findung, die sie für mutige Entschlossenheit hielt: »Zu meinem Glück und Heil! Fahr hin! Noch zu rechter Zeit entlarvt sich der Verräter!« Indem erreichten sie das Schauspielhaus; doch Mathilde sah und hörte wenig von der "Schuld", sondern dachte wider Willen nur immer an den Schuldigen. –

8

p> Herr Wolfgang und Heimken waren indes auf ihrer Fahrt nicht glücklicher gewesen, als am Vormittage; der Abend dämmerte be-reits in den Straßen und beide stolperten müde und mißmutig, Heimken allezeit einen halben Devotionsschritt hinter seinem Herrn, nebeneinander hin. Da faßte jener plötzlich den letztern beim Arm, zeigte mit dem Finger vorwärts und sprach hastig: »Hal-ten zu Gnaden«, und zugleich, »wenn ich nicht behext bin, so geht dort unser Satan!«

Herr Wolfgang sah in der Entfernung von etwa fünfzig Schritten einen Mann im grünen Rock vor sich gehen, der allerdings mit dem Gesuchten die größte Ähnlichkeit zu haben schien. Sie beschleunig-ten ihre Schritte. Doch, als hätte jener Kunde von seinen Verfolgern, fing er gleichfalls an, stärker auszuschreiten, und wie sehr diese sich auch anstrengten, die Entfernung zwischen ihnen ward nicht klei-ner, sondern nahm vielmehr mit jedem Schritte zu.

So ging's durch mehrere Straßen. »Soll mich Gott holen«, rief Heimken keuchend, »wenn der Belial sich nicht die Beine mit Ar-mesünderfett eingeschmiert hat, und dies und das! Zwanzig Meilen in einem Tage ist solch einem Kerl ein Spaß.« Herr Wolfgang fing an sich in Trab zu setzen. Heimken folgte. Schon waren sie jetzt nur noch wenige Schritte von dem Grünen. Heimken streckte schon die Hand aus, ihn festzuhalten, da bog er plötzlich in eine schmale Gasse ein, und als sie sich gleichfalls um die Ecke wandten, sahen sie ihn bereits am andern Ende derselben in ein Haus schlüpfen. Herr Wolfgang folgte ihm auch hier ohne Bedenken. Sein Entschluß stand fest, keinen Winkel dieses Hauses undurchforscht zu lassen: er sandte daher seinen Begleiter nach dem Hofe, von wo ihnen aus einem Hintergebäude laute Musik entgegenschallte, und trat selbst in die nächste Tür, die er vor sich sah. Aus den Wolken von Tabaksrauch, die ihn sogleich einhüllten, und aus den mit Biertrinkern wohlbesetzten Tischen nahm er bald ab, wo er sich befand. Er ließ sich ebenfalls ein Glas Bier geben und begann seine Wanderung durch die Zimmer. Vor einer verschloßnen Tür ward er endlich genötigt haltzumachen; doch indem trat einer herbei, pochte dreimal auf eine besondere Weise an und sprach dann laut ein unbekanntes Wort aus; die Tür öffnete sich, und Herr Wolfgang ging dem Vortretenden, wie befremdet ihn auch dieser von der Seite ansah, ohne Umstände nach. Die Stube war voll Menschen, die sich um einen großen grünbeschlagenen Tisch in der Mitte drängten, auf welchem die Würfel lustig hin und wider liefen. Sein erster Blick fiel auf den Grünen ihm gegenüber an der andern Seite des Tisches. Sogleich machte er sich Bahn durch das Gewühl. Jener hatte sich indes in einen Winkel zurückgezogen und kehrte ihm den Rücken zu. Schnell trat er ihn an, klopfte ihm hocherfreut auf die Schulter und sprach: »Auf ein Wort, mein Freund!« Doch als schlüge der Blitz vor seinen Füßen ein, prallte er zurück, als jetzt der Grüne sich wandte, und ihm ein gänzlich unbekanntes Gesicht entgegenstarrte. Mit Mühe stotterte er eine Entschuldigung hervor und sah sich nun um, wo der echte Grünrock geblieben. Allein dieser war nirgends zu sehen. Mißmutig zog sich Herr Wolfgang nach der Tür zurück; indem er aber hier sich nochmals, das Zimmer überblickend, umkehrte, siehe! da stand ihm gegenüber an der andern Seite des Tisches der Geistermann wieder, wie er vorhin gestanden. Mit kochendem Grimm in der Brust stürzte er sich von neuem in das Gedränge, doch ehe er noch die andere Seite erreicht hatte, sah er dort eine zweite Tür sich öffnen, und da der Grüne verschwunden war, zweifelte er nicht, daß er dort hinausgegangen und folgte ihm auf der Stelle. Er befand sich im Hofe, ihm gegenüber aber trat jener in den hellerleuchteten Tanzsaal; Herr Wolfgang schnell hinterdrein.

Doch welches Schauspiel stellte sich hier vor seine Blicke! Heimken in den Armen eines Frauenzimmers, deren hochgeschminkte Wangen und freie Bewegungen gleich keinen Zweifel über sie ließen, wirbelte nach dem Takt einer rauschenden Musik im raschesten Walzer durch den Saal. Der Schweiß floß über sein Gesicht, und bei dem vergeblichen Bestreben, sich loszuwinden, machte er die allerseltsamsten Kapriolen. Sowie die Tänzerin müde zu werden begann, trat sogleich eine andere an ihre Stelle, und von neuem rasete der Wirbel in die Runde unter dem wiehernden Gelächter der Umstehenden. Mitten unter dem Haufen aber ward Herr Wolfgang seinen Grünrock gewahr, der die Mädchen noch immer zu tollerer Lust aufzuregen schien. Sein erster Gedanke indes war jetzt nur, den treuen Diener aus den Händen der Mänaden zu retten, und so sprang er in den Kreis, faßte die Tänzerin beim Arm und donnerte ihr den Befehl zu, den Menschen loszulassen. Das Mädchen trat vor der hohen Gestalt und dem gebietenden Wesen scheu zurück, und Herr Wolfgang faßte den taumelnden Heimken beim Kragen und steuerte mit ihm dem Grünen nach, der soeben den Saal verließ und schnell über den Hof schreitend im Vorderhause die Treppe hinaufstieg. »Aber Heimken«, rief Herr Wolfgang voll Ingrimm, »plagt Ihn der Teufel!« – »Muß wohl!« erwiderte jener. »Ich weiß sonst nicht, wie mir auf einmal die bestialische Lust in die Beine gefahren ist, als mich der geschminkte Balg zum Tanze aufforderte. Einmal herum! dachte ich, aber die Hexen ließen mich nicht wieder los und triebens immer toller!« Unter diesen Worten waren sie auf dem Flur des zweiten Stockwerks angekommen. Hier blieb Herr Wolfgang zurück, da er nicht wußte, ob jener weitergestiegen, und sandte Heimken die zweite Treppe hinauf mit dem Befehl, zu rufen, sobald er auf der Spur sei. Allein eine lange Zeit verging und Heimken rufte nicht und kam auch nicht wieder. Endlich ließ sich von oben herab ein heftiges Pochen und Lärmen vernehmen, und Herr Wolfgang glaubte, deutlich Heimkens Stimme zu unterscheiden, die um Hülfe rief. Rasch flog er die Treppe hinan dem Klopfen nach, das ihn vor eine Tür führte, die von außen verriegelt war. Er öffnete, und Heimken trat heraus.

»Aber um Gottes willen!« rief jener, »wo hat Ihn der Satan hingeführt?«

»In die Kommodität!« versetzte Heimken. »Ich hatte ihn schon beim Rockschoß, nämlich den Satan, da wandte er sich und freuete sich ungemein, mich zu sehen, und dies und das, und bat mich nur hier in das Zimmer zu treten, machte die Tür auf, schob mich hinein und riegelte von außen zu. Der strenge Geruch hier brachte mir Verdacht in die Nase; ich griff um mich herum, und begriff nun bald, wo ich war. Und zugleich ist der Satan ohne Zweifel in dieser Stube. Ich habe ihn da hineingehen gehört.«

Herr Wolfgang machte sich sogleich an die bezeichnete Flügeltür und klopfte an. Alles blieb still. Er wiederholte das Klopfen und versuchte endlich zu öffnen. Die Tür war verschlossen. Er aber, der jetzt nichts weniger als in der Laune war, sich durch irgend etwas zurückhalten zu lassen, stemmte sich mit Macht dagegen, sie flog auf, und er wollte in das Zimmer treten, hielt jedoch plötzlich den Fuß zurück und blieb überrascht auf der Schwelle stehen, denn ihm gegenüber stand im Halbkreis, nur von einer Kerze matt erhellt, eine Gesellschaft der abenteuerlichsten Menschengestalten mit auserlesenen Galgenphysiognomien und schien jeden Augenblick bereit, sich mit geschwungenen Säbeln und Dolchen auf ihn zu werfen; an ihrer Spitze der Grünrock, der ein gespanntes Pistol ihm gerade entgegenhielt. Nur einen Augenblick indes stutzte Herr Wolfgang, dann zog er, auf alle Fälle versehen, gleichfalls ein Pistol schnell aus der Tasche, spannte den Hahn und jenem damit nach der Brust zielend, rief er: »Elender, wer du auch seist, deine Drohung schreckt mich nicht! Bist du ein ehrlicher Mann, so halte dein Wort und komm mit mir! Ich verlasse diesen Platz nicht lebend ohne dich!« Er hatte kaum diese Worte gesprochen, so wurden in den angrenzenden Zimmern verschiedene Stimmen laut, und hastig herbeieilende Tritte ließen sich vernehmen; Heimken aber, hinter seinem Herrn versteckt, glaubte nicht anders, als daß die gegenüberstehende Rotte bereits auf sie losstürze, riß daher in der Angst das andere Pistol, welches er bei sich trug, hervor, streckte den Arm aus, drückte ab – und wohlgetroffen stürzte der Grüne mit dumpfem Falle zu Boden. Lautes Geschrei erhob sich von allen Seiten. Heimken aber faßte seinen Herrn beim Arm, der den Herbeieilenden Rede stehen zu wollen schien, und zog ihn mit sich fort trotz allem Sträuben die Treppen hinab, auf die Straße, und dort in blinder Hast ohne sich umzusehen immer weiter und weiter, bis endlich beide atemlos gezwungen waren, langsam zu gehen.

»Heimken! Mordbrand!« rief Herr von Scharneck; »Wie ist Ihm zumute? Er hat einen Menschen totgeschossen!«

Heimken bat ihn um Gottes willen, doch nicht so laut zu sprechen, und trieb von neuem zur Eile.

»Aber was soll nun daraus werden?« fragte jener nach einer Weile wieder.

»Nur fort! Nur fort!« entgegnete Heimken. »Fort aus der Stadt! Aus dem Lande, wenn's sein muß!«

Herr Wolfgang meinte, aus dem Lande nicht allein, sondern auch aus der Welt dazu würde man ihn schon befördern ohne sein Zutun. Seine eigentliche Absicht aber war gleichfalls, die Stadt noch in dieser Nacht zu verlassen, denn er hatte selbst größere Angst, als er sich merken ließ.

»Heimken!« sprach er, indem sie vor dem Hause des Geheimerats anlangten – »Heimken! so ist dem Kain nicht zumute gewesen, als er seinen Bruder erschlagen hatte, und doch bin ich unschuldig an dem vergoßnen Blute! Und ach! Was soll nun aus meinem Schatze werden?« Mit diesen Worten stieg er die Treppe hinauf nach der Wohnung des Geheimerats, wo man mit dem Abendessen auf ihn wartete und schon anfing besorgt zu werden. Er zog seinen Wirt sogleich beiseite, entdeckte ihm den Vorfall und zeigte ihm seinen Entschluß an, noch in dieser Nacht abzureisen. Die Vorstellungen des Geheimerats, daß er durch diese übereilte Flucht sich nur noch verdächtiger machen würde, daß die saubere Gesellschaft der Galgenkandidaten wohl gar nicht einmal ratsam finden möchte, laut zu werden, blieben ohne alle Wirkung.

»Nein«, rief er, »ich halte diese quälende Unruhe, diese teuflische Angst nicht aus! Und bin ich es denn nicht meinem Heimken schuldig, ihn zu retten? Ist denn der arme Schelm nicht eigentlich um meinetwillen zum Mörder geworden? Auch kommt man uns wohl gar nicht auf die Spur! Bleiben wir aber hier, wie leicht werden wir dann unsre eigenen Verräter!«

Der Geheimerat mußte sich zum Ziele legen und erhielt nur noch einen Aufschub bis zum Morgen. Der lebhafteste Kampf aber stand Herrn Wolfgang mit Frau Gertrud und ihren Töchtern noch bevor, die ihn mit Einwendungen, Klagen und Bitten bestürmten und beschossen. Doch als er ihnen vertraute, was vorgefallen, überfiel sie Schrecken und Angst vor der Berliner Polizei, von welcher sie entsetzliche Dinge gehört hatten, so heftig, daß sie jetzt selbst auf die Beschleunigung der Abreise trieben.

Und der goldne Knopf des Marienturms fing kaum an im Frühlicht zu schimmern, da sagte Herr Wolfgang dem Geheimerat Lebewohl, und die alte Familienkutsche klapperte durch die dämmernden Straßen dem Tore zu.

»Gott sei Dank!« rief Herr Wolfgang, tief Atem holend, als er sich endlich im Freien sah. Heimken aber draußen auf dem Bock hub an und sang mit heller Stimme: »O Ewigkeit, du Donnerwort!«

9

Am zweiten Abend nach ihrer Rückkehr auf Schloß Scharneck saß die Familie wieder in der großen Wohnstube beisammen, und Fräulein Mathilde, um ihren Vater zu zerstreuen, und sich mit, hatte eben angefangen den 'Götz von Berlichingen' vorzulesen, als es mit leisem Finger dreimal an die Tür klopfte. Heimken nahm zögernd ein Licht vom Tische und ging hin, um nachzusehen. Doch indem er die Tür öffnete, prellte er voll Entsetzen zurück, der Leuchter entfiel seiner Hand, und er schrie mit bebender Stimme: – »Alle guten Geister und dies und das!« – Herr Wolfgang sprang vom Stuhle auf und starrte nach der offnen Tür.

»Nur herein mit Gott!« rief er endlich. Da trat langsam und feierlich der Grünrock auf die Schwelle, sah im Zimmer umher und sprach: »Da bin ich!« – Es entstand eine lange Pause. Mit Verwunderung, welcher sich allmählich eine etwas unheimlichere Empfindung beimischte, betrachteten die Frauenzimmer den Fremden, der regungslos wie ein Steinbild in der Türe stand. Herr Wolfgang aber übermannte das Grausen, welches ihm die Haare zu lüpfen anfing, und ging mit festem Schritte auf ihn zu. »Wer du auch bist«, sprach er, »magst du noch am Leben sein oder aus dem Grabe zurückkehren, so gib Rede und Antwort auf meine Frage: was begehrest du?« Doch jener winkte ihm schweigend mit der Hand nach der Türe.

Herr Wolfgang befahl dem zitternden Heimken, Licht nach seinem Zimmer zu bringen und führte den Grünen dorthin.

Hier ergab sich nun bald, daß dieser von dem ganzen Abenteuer in Berlin und von dem Schusse, den Heimken auf ihn getan, kein Wort wußte oder wissen wollte; vielmehr behauptete er, daß ihm die Anwesenheit des Herrn von Scharneck gänzlich unbekannt geblieben sei; er habe aber sein Geschäft dort vollbracht und kehre nun zurück, sein Wort zu lösen.

So unerklärlich jetzt auch der ganze Vorfall für Herrn Wolfgang wurde, so höchst erfreut war er doch über die wiedereröffnete Aussicht auf die Hebung des Schatzes, und er bat den Grünen, nur sogleich eine Zeit dazu anzuberaumen. Dieser bestimmte die folgende Nacht. Ungern willigte Herr von Scharneck ein, ihn wieder aus seinen Händen zu lassen, doch er versicherte sehr ernst, daß er unter diesem Dache nicht ruhen könne und dürfe, und versprach morgen vor Mitternacht zur Stelle zu sein.

»Du mein Schöpfer«, rief Heimken, »das ist alles gut und dies und das, aber wen habe ich denn nun eigentlich totgeschossen?«

»Das kann dir gleich sein!« erwiderte jener. »Du hast einen Menschen getötet, und die Strafe folgt dir auf dem Fuße.«

Der folgende Tag aber brachte schon auf Heimkens Frage eine befriedigende Antwort. Es langte nämlich ein Brief von dem Geheimerat Asling an, worin dieser seinen Freund vor allen Dingen ersuchte, wegen Heimkens Mordtat nicht länger in Sorge zu sein, indem der angestrichene Artikel in dem beiliegenden Zeitungsblatte eine zwar sehr lustige, aber auch zugleich vollkommen beruhigende Erklärung derselben enthalte. Der angestrichene Artikel aber lautete folgendermaßen:

"Nachdem am verwichenen Donnerstag, den 8. September, in den ersten Abendstunden, sich zwei Unbekannte erfrecht haben, nach gewaltsamer Erbrechung der Tür in die Wohnung des Unterzeichneten *Franz Lion* einzudringen und daselbst die künstliche Figur des berüchtigten Räubers, genannt Fra Diavolo, welche nicht nur wegen der täuschenden Ähnlichkeit, sondern auch wegen der besondern Sorgfalt und ausnehmenden Geschicklichkeit, womit sie nach den Regeln der Kunst verfertigt, von den Kennern aller erlauchten Höfe und berühmten Hauptstädte von ganz Europa als ein Meisterwerk einzig in seiner Art bewundert worden, mittelst eines Pistolenschusses gänzlich zu zerschmettern und mir dadurch einen unersetzlichen Verlust zu verursachen, so verspreche ich hiermit jedem, der mir die Täter namhaft machen kann, unter Verschweigung seines Namens eine angemessene Belohnung.

Franz Lion

Eigentümer eines künstlichen Wachsfiguren-Kabinetts."

Am Schlusse des Briefes fügte der Geheimerat hinzu, daß er die Sache bereits vollkommen ausgeglichen und den Herrn Franz Lion entschädiget habe.

Schweigend, denn er schämte sich doch ein wenig, reichte Herr Wolfgang seinem Diener das Zeitungsblatt. Heimken aber, indem er las, schrie mehrmals laut jubelnd auf, tanzte auf einem Beine umher und ließ es sich nicht nehmen, seinem Herrn in der Freude seines Herzens einigemal den Rockschoß zu küssen. Diesem war denn auch eine allzu große Last vom Herzen gehoben, als daß nicht die Freude darüber den kleinen Ärger über seine Beschämung hätte überwinden sollen. Er fing an, die Geschichte bei allem Unerklärlichen, das ihr noch immer blieb, am Ende selber doch lächerlich zu finden, ging lachend hinüber, sie Frau Gertruden zu erzählen und sah nun mit frohem Mute der Mitternacht entgegen.

10

Der Grüne hielt diesmal Wort. Um halb zwölf bereits trat er in Herrn Wolfgangs Zimmer, dieser aber hatte schon seit einer Stunde seinen treuen Knappen vermißt und ihn überall vergeblich gesucht, und da jetzt keine Zeit mehr zu verlieren war, mußten beide sich entschließen, den Weg nach dem linken Schloßflügel allein anzutreten. Der Sturm trieb sein Spiel mit der Wetterfahne, heulte durch die Luken des alten Turms, und die Eulen, die darinnen nisteten, schrien ihr Huhu in die schwarze Nacht hinaus, den Dreiklang vollendend. Ein leises Frösteln schlich Herrn Wolfgang doch am Rücken hinab, als er die Tür der sogenannten Marterkammer aufschloß. Wie er es vermutet hatte, wandte sich der Grüne sogleich zu dem Bilde der heldenmütigen Burgfrau, knieete schwer seufzend davor nieder und schien zu beten. Dann bedeutete er seinem Begleiter, daß vor allem erst das steinerne Bild aus der Mauer gebrochen werden müsse, empfahl ihm aber von nun an das strengste Stillschweigen. Die Steinplatte wich bald der vereinten Kraft ihrer Brechstangen. Es zeigte sich hinter derselben eine Öffnung, die in die Tiefe hinabging; noch waren Überreste einer steinernen Treppe zu sehen, die allem Anschein nach erst vor kurzer Zeit hinuntergestürzt sein mußte. Herr Wolfgang dachte an das unterirdische Getöse, als er neulich von außen gegen die Steinplatte gestoßen. Eine Leiter ward herbeigeschafft und hinabgelassen; der Grüne stieg voran und jener folgte.

Sie befanden sich in einem geräumigen und hohen Keller, dessen Gewölbe auf mehreren starken Pfeilern ruhete. Gegenüber in der Wand öffnete sich ein schmaler Gang, aus welchem zu Herrn Wolfgangs Verwunderung ein starker Luftzug strömte. Der Grüne zündete ein paar mitgebrachte geweihte Lichter an und setzte sie an die Erde; dann zog er aus der Tasche eine kleine Rauchpfanne, brachte die darin liegenden Kohlen in Brand und streute ein Pulver darauf, von welchem alsbald ein dicker Qualm emporwirbelte, der das ganze Gewölbe erfüllte und die Eigenschaft zu haben schien, alle Gegenstände dem Auge zu vergrößern; wenigstens zeigte sich der Grüne, wie er durch die Lichter von unten herauf beleuchtet hin und wider schritt, in einer wahrhaft riesigen und furchtbaren Gestalt. Indem ließ sich ein Geräusch vernehmen, welches beinahe wie ein leises Niesen klang. Der Geisterbanner horchte, doch alles blieb ruhig, und er nahm den Hut ab und sprach: »So laßt uns denn ein stilles Gebet tun für den ermordeten Burgvogt, auf daß seine Seele bald möge erlöset werden!« Herr Wolfgang zog gleichfalls den Hut und beide beteten leise.

Hierauf brachte jener ein Gefäß hervor, welches eine rote Flüssigkeit zu enthalten schien und besprengte damit den Boden. Dann begann er mit dumpfer Stimme, die allmählich immer lauter ward und endlich wie ein Sturm durch die Gewölbe brauste:

> »Mitternacht, ich rufe dich!
> Mitternacht, erhöre mich!
> Sieh, ich saug' an deinen Lippen;
> an den bleichen, stummen Lippen;
> öffne deinen Mund und sprich!

Und dich fassen meine Hände,
rot vom Blute grauer Sünder,
rot vom Blut erwürgter Kinder.
Mitternacht, ich fasse dich!
Schleuß den Schoß der Erde auf,
rufe sie herauf, herauf,
die bis zu dem Tag der Strafen,
dort im Leichenhemde schlafen,
ohne Hoffen der Erbarmung;
ruf sie auch, die du gezeugt,
mit der Erde du gezeugt
in verstohlener Umarmung!
Eurer Mutter Schoß entsteigt,
steigt herauf ihr Luftgestalten,
der Gespenster bleiche Schar!
Auf! den Schoß, der euch gebar,
hat die Mitternacht gespalten.
Und mit dieser blut'gen Faust
greif ich in ihr Eingeweide,
wo ihr an den Leichen schmaust:
Auf! Herauf! herauf! herauf!
Rasch herauf – – –»

Ein lauter Schrei unterbrach ihn in diesem Augenblicke. Hinter einem Pfeiler hervor wurden zwei weiße Gestalten sichtbar und eilten herbei. Mit dem höchsten Erstaunen erkannte Herr Wolfgang seine beiden Töchter. Doch ehe er noch Zeit hatte, zu sich selbst zu kommen, ließ sich von der andern Seite ein noch gellenderes Angstgekreisch vernehmen; eine männliche dunkle Gestalt zeigte sich und stürzte auf sie zu. Indem aber stolperte sie über einen Stein, fiel und kroch nun auf Knieen und Händen mit großer Schnelligkeit vollends bis vor ihre Füße hin und schrie voll Entsetzen: »Der schwarze Wolf! Der schwarze Wolf!« Es war Heimken; und in der Tat verfolgte ihn ein schwarzes, vierfüßiges Tier, welches der dicke Rauch, der sie umgab, bis zum Ungeheuer vergrößerte. Heimken warf sich mit dem Gesichte an die Erde; das Ungeheuer sprang ihm bald auf den Rücken, bald auf diese, bald auf jene Seite, und versuchte ihm ins Gesicht zu lecken. Da sah Herr Wolfgang, der eben seinen Hirschfänger gezogen hatte, daß es Heimkens schwarzer Pudel war. Heimken aber brüllte gräßlich und schrie: »Ich will ja alles bekennen! Ich bin ein Schurke, ich bin ein Schuft, der seinen Herrn betrügen wollte! Rettet mich nur von dem Ungetüm! Rettet mich von meinem verfluchten Ahnherrn und Verwandten!« Der Geisterbanner packte ihn am Kragen, stellte ihn mit einem gewaltigen Ruck auf die Beine, und indem seine drohende Gebärde ihm Stillschweigen gebot, befahl er ihm durch Zeichen, einen Spaten zu nehmen und zu graben. Dasselbe Geheiß erhielt Herr Wolfgang. Sie fingen an zu graben. Zu des letztern unaussprechlicher Freude stießen sie bald auf etwas Hartes, und es zeigte sich, daß es ein eiserner Kasten war. Mit Mühe brachten sie die bedeutend schwere Last herauf. Der Grüne rief: »Gottlob!« Herr Wolfgang faltete die Hände vor der Brust und sendete einen freudig dankenden Blick zum Himmel – Der Kasten war verschlossen. Voll Ungeduld führte jener mit der Axt einen kräftigen Schlag dagegen; der Deckel sprang auf, mancherlei silberne Gefäße blinkten ihm entgegen, sie wurden schnell hinweggeräumt, und nun erst zeigte sich auf dem Boden der kostbare Inhalt in lauter Gold- und Silberbarren, deren Wert Herr Wolfgang in der Geschwindigkeit auf wenigstens 50 000 Taler schätzte.

»Mathilde! Elisabeth! meine Kinder!« rief er und umarmte seine Töchter mit Freudentränen in den Augen. »Mathilde, um deinetwillen freue ich mich, um deinetwillen, du teures Kind! Für dich hab' ich den Schatz gehoben.

Doch«, fuhr er fort, sich jetzt erst besinnend, »wie seid ihr hieher gekommen, hier herein, und zu dieser Stunde?«

Elisabeth zeigte auf den Gang gegenüber und erzählte nach einigem Umwege, Stottern und Stammeln, wie sie gestern von einer Magd erfahren, daß während ihrer Abwesenheit in der Gegend der alten verfallenen Kapelle allnächtlich und sogar in der verwichenen Nacht wieder ein Hin- und Hergehen von unbekannten Leuten bemerkt worden sei; wie die Neugier sie beide nun dahin gelockt, wie sie in dem verfallenen Gemäuer einen unterirdischen Gang entdeckt, ihn verfolgt und so hierher gekommen, wo sie sich bei des Vaters Ankunft versteckt gehalten, bis endlich des Beschwörers grausenvolle Worte und die darauf erfolgte Erscheinung des schwarzen Pudels sie mit Entsetzen ans Licht getrieben. Die wahre

Ursache ihres Hierseins aber war der Umstand, daß man in den letzten Nächten einen Mann in Begleitung eines Frauenzimmers bemerkt hatte, der Waringen vollkommen ähnlich gesehen haben sollte. Doch dies verschwieg Elisabeth wohlweislich.

»Mathilde!« rief der Geisterbanner, als jene ihren Bericht geendigt, und trat auf sie zu.

Die beiden Mädchen sahen ihm mit Verwunderung in die Augen, dann sich untereinander an und schüttelten die Köpfe. Herr Wolfgang aber hatte von dem Ausrufe nichts vernommen, denn seine Blicke und Gedanken waren schon wieder bei dem Schatze. »Geht, lauft«, sprach er, »holt mir die Mutter her! Sie muß sich mit mir freuen, sonst ist meine Freude nur halb!«

»Und Er«, wendete er sich zu Heimken, »Meerrettichgesicht, abscheulicher Wurm! Ich will Ihn gar nicht fragen, warum Er hier ist. Ich vergeb' Ihm alles und schenk Ihm obendrein noch hundert Taler.« Heimken warf sich vor ihm auf die Knie; doch Herr Wolfgang ließ ihn liegen und sah sich nach dem Geisterbanner um. »Kommt her!« rief er, »mein Freund! Es bleibt bei meinem Worte. Kommt und nehmt Euch Euer Fünftel!« Allein der Geisterbanner war verschwunden und kam auch nicht wieder.

»Schau her, Gertrud!« sprach Herr Wolfgang, indem er seiner Frau entgegenging und sie umarmte. »Von heut geht ein neues Leben für uns an, und wir sind wieder Bräutigam und Braut wie vor zwanzig Jahren. Hier ist Gold genug, um unserer Kinder Glück zu gründen, und nach mehrerem strebe ich nicht weiter. Verdammt der Schmelztiegel, den meine Hand je wieder berührt! Der wahre Stein der Weisen ist Arbeitsamkeit und Genügsamkeit.«

Mit diesen Worten faßte er und Heimken den gesegneten Kasten an, Frau Gertrud ging leuchtend voraus, und die Töchter folgten hinterdrein und hatten über die Geschichte ihre ganz besonderen Gedanken.

Am andern Morgen bei guter Zeit fuhr die grüne Kutsche mit den Rotschimmeln vor. Waring hob eine junge Dame heraus, die er als seine Schwester vorstellte, und welche Mathilde mit schnell beruhigtem Herzen für die nämliche erkannte, die sie in Berlin an seiner

Seite gesehen. Er ging mit ernstem Anstand auf Herrn von Scharneck zu und warb feierlich um die Hand seiner ältesten Tochter.

»Wenn das Mädchen will, mit tausend Freuden!« rief Herr Wolfgang, »und fünfzigtausend Taler zur Mitgift obendrein! Meine Tochter durfte nicht als eine Bettlerin in Ihr Haus kommen.«

Elisabeth legte mit komischer Gravität die Hand Mathildens in Warings Hand und sprach: »Meine Kinder, mir hat diese Nacht von roten Halstüchern und von Heringen geträumt, das bedeutet eine Braut und einen Schelm, aber einen von den feinen, f, f!«

»Ein rotes Halstuch«, lachte Waring, »bedeutet ein rotes Halstuch, und da ich, wie Sie wissen, mehr kann als Brotessen, so wußte ich auch Ihren Traum voraus und habe gleich die Erfüllung von Dresden mitgebracht.« Damit zog er einen prächtigen türkischen Shawl aus der Tasche und hing ihn um Elisabeths Schultern. Sie drohte ihm mit dem Finger. »Wenn ich und die Steine reden dürften!« sprach sie lächelnd.

Waring aber verschloß ihr schnell den Mund, führte sie vor den Spiegel und sprach: »Mir hat diese Nacht von einer Rosenknospe geträumt; das bedeutet einen Rosenmund, der zu schweigen weiß. Sehen Sie, wie schön steht der rote Shawl zu der roten Purpurknospe, solange sie noch geschlossen ist!«

»Schatz um Schatz!« brummte Heimken. »Und zugleich heut übers Jahr vielleicht schon möcht' er noch gern ebenso sprechen, aber es umgekehrt *meinen* und dies und das!«

Über tredition

Eigenes Buch veröffentlichen

tredition wurde 2006 in Hamburg gegründet und hat seither mehrere tausend Buchtitel veröffentlicht. Autoren veröffentlichen in wenigen leichten Schritten gedruckte Bücher, e-Books und audio-Books. tredition hat das Ziel, die beste und fairste Veröffentlichungsmöglichkeit für Autoren zu bieten.

tredition wurde mit der Erkenntnis gegründet, dass nur etwa jedes 200. bei Verlagen eingereichte Manuskript veröffentlicht wird. Dabei hat jedes Buch seinen Markt, also seine Leser. tredition sorgt dafür, dass für jedes Buch die Leserschaft auch erreicht wird.

Im einzigartigen Literatur-Netzwerk von tredition bieten zahlreiche Literatur-Partner (das sind Lektoren, Übersetzer, Hörbuchsprecher und Illustratoren) ihre Dienstleistung an, um Manuskripte zu verbessern oder die Vielfalt zu erhöhen. Autoren vereinbaren direkt mit den Literatur-Partnern die Konditionen ihrer Zusammenarbeit und partizipieren gemeinsam am Erfolg des Buches.

Das gesamte Verlagsprogramm von tredition ist bei allen stationären Buchhandlungen und Online-Buchhändlern wie z. B. Amazon erhältlich. e-Books stehen bei den führenden Online-Portalen (z. B. iBookstore von Apple oder Kindle von Amazon) zum Verkauf.

Einfach leicht ein Buch veröffentlichen: **www.tredition.de**

Eigene Buchreihe oder eigenen Verlag gründen

Seit 2009 bietet tredition sein Verlagskonzept auch als sogenanntes "White-Label" an. Das bedeutet, dass andere Unternehmen, Institutionen und Personen risikofrei und unkompliziert selbst zum Herausgeber von Büchern und Buchreihen unter eigener Marke werden können. tredition übernimmt dabei das komplette Herstellungs- und Distributionsrisiko.

Zahlreiche Zeitschriften-, Zeitungs- und Buchverlage, Universitäten, Forschungseinrichtungen u.v.m. nutzen diese Dienstleistung von tredition, um unter eigener Marke ohne Risiko Bücher zu verlegen.

Alle Informationen im Internet: **www.tredition.de/fuer-verlage**

tredition wurde mit mehreren Innovationspreisen ausgezeichnet, u. a. mit dem Webfuture Award und dem Innovationspreis der Buch Digitale.

tredition ist Mitglied im Börsenverein des Deutschen Buchhandels.

Dieses Werk elektronisch lesen

Dieses Werk ist Teil der Gutenberg-DE Edition DVD. Diese enthält das komplette Archiv des Projekt Gutenberg-DE. Die DVD ist im Internet erhältlich auf **http://gutenbergshop.abc.de**

(

Zeitfracht Medien GmbH
Ferdinand-Jühlke-Straße 7
99095 Erfurt, Deutschland
produktsicherheit@kolibri360.de